文学少女

背负污名的天使

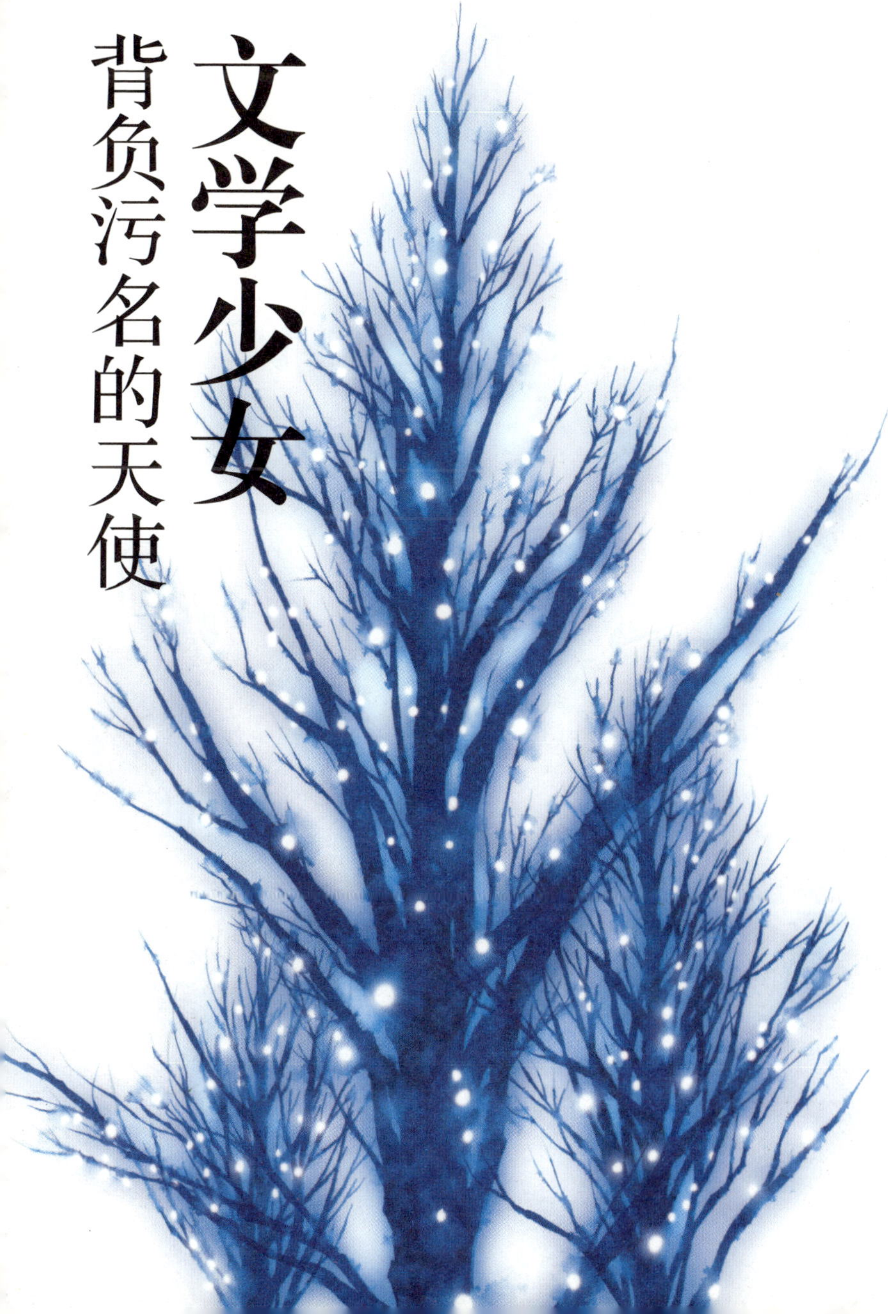

如果远子学姐在身边的话……
井上心叶

放在邮箱里的点心，真的很好吃哦。
『文学少女』大野远子
嗯，想象中就算我不在身边，
心叶君似乎也可以过得很好，一直遇到好的事情吧……

球谷敬一
天使已经不再唱歌了，不可以再唱了。
我觉得，夕歌是不是和天使在一起呢？
琴吹七濑

臣志朗
会受伤的哦，不单单是你，琴吹七濑也会受伤的。
有人说过，我们的老师是音乐天使。
镜妆子

我是不是想知道呢？

就算那是非常痛苦的真相？

就算那是比到现在为止更极致的痛苦和绝望，

就算那是知道了之后会让人无法重新振作的真相——

了解真相，

并不意味着一定是正确的——

目录

文学少女

背负污名的天使

精装珍藏版

〔日〕野村美月 著 〔日〕竹冈美穗 绘

哈娜 译

人民文学出版社
PEOPLE'S LITERATURE PUBLISHING HOUSE

著作权合同登记号：图字 01-2020-1798

图书在版编目（CIP）数据

背负污名的天使 /（日）野村美月著；（日）竹冈美穗绘；哈娜译．-- 北京：人民文学出版社，2020
（文学少女：精装珍藏版）
ISBN 978-7-02-016255-0

Ⅰ．①背… Ⅱ．①野… ②竹… ③哈… Ⅲ．①中篇小说一日本一现代 Ⅳ．① I313.45

中国版本图书馆 CIP 数据核字 (2020) 第 071472 号

责任编辑　陈　旻
特约策划　李　殷
装帧设计　汪佳诗

出版发行　人民文学出版社
社　　址　北京市朝内大街166号
邮政编码　100705
网　　址　http://www.rw-cn.com

印　　制　上海利丰雅高印刷有限公司
经　　销　全国新华书店等

字　　数　110千字
开　　本　787毫米×1092毫米　1/32
印　　张　7.5
版　　次　2010年12月北京第1版
印　　次　2020年1月第1次印刷

书　　号　978-7-02-016255-0
定　　价　59.00元

天使说，他做了很多道门，并且设下陷阱，所以谁也没办法进来。

这里是专属于天使和我的黑暗城堡。

只有在这温柔的黑暗中，我才能感叹降临在自己身上的不幸，也能够蔑视或怜悯在白天里伪装出纯洁微笑的自己是多么的丑陋和污秽。

而且，也能继续当七濑的好朋友——

序章

代替自我介绍的回忆——天使与我为伴的时光

他是跨越天上和人间的人。

——那位歌姬如是说

对我来说，美羽也是这种人物。

在众多同学中，只有美羽仿佛笼罩在洁白光芒里，只有美羽的声音像是从天而降的音乐一般清新悦耳，每当她的话语打动我的心灵，我就更加肯定美羽是与众不同的特别女孩。

美羽一定是个天使，她的背上藏了透明的羽翼。

如果不是这样，跟我同年龄的女孩怎么可能写得出如此轻柔、如此自由、如此美丽的故事呢？

美羽陪伴在我身旁。

她会用小猫般的戏谑眼神看我，用甜美清澈的声音呼唤我“心叶”，很自然地勾起我的手——对我来说，这是有如神迹般的恩宠，我也以为这种生活可以永远持续下去。

但是，美羽的真实面貌，我到底知道多少？

真正的美羽，是个怎样的女孩？

美羽和我的平稳生活，在我初三夏天的某个晴朗午后，以最恶劣的形式被彻底破坏了。

美羽从学校顶楼跳下，而我却束手无策地看着这件事发生。

为此茧居不出的我，在冬天结束后勉强爬出了拉紧窗帘搞得像个地窖的房间，参加考试，进入高中，然后遇见了天野远子学姐。

深爱世上所有书本，自称“文学少女”的她，也是借着“想象”这双灿烂羽翼自由翱翔天地之间的人物。

第一章
绝对不能忘记点心

“啊，这是砂糖点心。”

远子学姐把稿纸撕成小块放进嘴里，笑容满面地说。

“酥脆的面团里掺杂了浓浓的红糖、黑糖，还有大颗核桃，节奏优美的口感……”

她一边赞叹，一边又仔细撕下纸片送入口中。

“咀嚼时散发出来的淳朴甜味……虽然这么甜，却有让人无法挑剔的绝妙平衡。”

啪嚓咬断，喀喀咀嚼，咕噜吞下。

埋在书堆里的狭窄房间，悄然响起怪异的声音。

远子学姐是个会吃故事的妖怪。

“我才不是妖怪，只是普通的‘文学少女’啦！”

虽然她本人如此坚称，但她津津有味吃着写在纸上的文字，那模样怎么看都不像普通女高中生。

“告诉你哟，砂糖点心就是 Tarte Sucre，Sucre 是法语的砂糖。

表面烤到微焦，所以吃起来有点苦，但是这种对比反而更吸引人。今天的作品合格了！了不起，心叶！”

远子学姐好像非常满意我以“篝火”“驯鹿”“快食比赛”三个题目写成的“点心”。

在快食比赛里落败，孤独徘徊于夜晚森林中的驯鹿，跟它长久以来暗恋的少女在篝火前重逢——

写出这么蹩脚的故事，我实在高兴不起来。

如果再用心一点就好了……

因为我老是写些诡异故事，让远子学姐哭丧着脸大叫“好难吃！”，所以我想偶尔也要写个甜美故事体贴她一下……

“我才没听过什么 Tarte Sucre 呢。会出现那种味道只是纯属巧合，其实我本来要写少女拿燃烧的木柴殴打它，把它煮成驯鹿汤，刚写到重逢，时限就到了。”

我收拾好稿纸，把笔放回铅笔盒，一边不耐烦地说。

结果，屈膝坐在窗边铁椅上吃着点心的远子学姐，听了就脸色发青地含着稿纸说：“怎么这样嘛……做得这么好吃的砂糖点心，何必故意挤上掺入芥末的番茄酱……”

她耸起细瘦的肩膀，摇着长及腰间的辫子，露出畏惧的模样，但是没多久就像晒太阳的猫咪一样眯细眼睛。

“还好故事在驯鹿变得幸福的时候结束了。真的很甜很美味呢。”

看到她那种表情，我不由得胸口郁闷，觉得很不舒坦。

下次绝对要写个恐怖到极点的故事给她。

“啊，太好吃了！谢谢你的招待！”

远子学姐浑然不知我的企图，以幸福的表情吞下最后一块纸片。

“那真是太好了(……不过下次就会恶心到想吐了)。”

当我脸上带着爽朗笑容,却在心底暗自盘算时……

“这么一来,我就可以毫无顾忌地休社了。”

远子学姐淡淡地说。

“咦?”

“你也知道,我都三年级了,也差不多要专心准备考试了。”

“你‘还没开始’准备吗?”

我不禁愕然。现在已经是十二月了耶！距离考试不是剩下不到两个月吗！因为她总是待在社团活动室,一边大发议论一边啪嗒啪嗒地吃书,我还以为她已经获得推荐上哪所大学了……

“你要参加考试吗?”

“当然,我可是热血沸腾的考生呢。”

远子学姐和颜悦色地如此宣称。唉,没想到她竟然温吞到这种程度。

看到我垮着肩膀,远子学姐就拿出大姐姐的口气:

“不要这么失望嘛,心叶。我非常了解不能继续跟尊敬的学姐相处的寂寞心情。我也觉得不能再吃点心——不,觉得要离开亲切熟悉的社团实在很感伤呢。

“但是,人不可以只看美味的书哟,偶尔也得认真看看石川啄木《悲哀的玩具》或《一把沙子》。

“没错……就像在吃满满一大盘的醋渍红白萝卜丝一样——吃着渗入醋味的爽口白萝卜和坚硬胡萝卜,借以体会人生的辛酸,一边以少量砂糖的甜美鼓起勇气咀嚼吞下。醋渍生菜非常有益健康,心叶也试着吃吃看吧。”

“我听不懂你在说什么啦!”

“就是说为了迎接幸福的春天,所以要在冬天吃着生菜而努力啊。”

“即使我吃了生菜,远子学姐的成绩也不会因此提升啊。再说石川啄木就是穷困潦倒而死的吧?就算看他的作品也不会有回报,一定会‘落空’的。”

“呀啊啊啊啊啊!不要对敏感的考生说这种不吉利的话啦!”

远子学姐双手捂住耳朵,在椅子上缩成一团。

“唉,好了啦,请你快点回家用功吧。”

我丢出这句话,远子学姐又突然恢复成熟稳重的眼神,面露微笑。

“谢谢你,我会的。”

她丢在地上的室内鞋套上白袜包覆的一双小脚,站了起来。

然后拿出三张左右的活页纸递给我。

“嗯?这是什么?”

“是慰劳品清单啊。心叶一定很想为了尊敬的学姐尽一份心力吧?”

“蜡笔”“消防局”“凌波舞”——热乎乎的巧克力翻糖风味。

“蝴蝶”“恐山”“沙发”——蓬松甜美的香草蛋白霜风味。

“手电筒”“莱佛士花”“英文检定”——豪华的水果圣代风味。(注1)

纸上竟然密密麻麻地写满这些东西!

她不是刚刚才说要吃着生菜努力精进吗!

“每天一种,请写出美味的点心喔,我会好好期待的。啊,我会等到毕业才引退，所以你就放心吧。”

我整个人都傻住了，只能呆呆目送着微笑挥手的辫子妖怪走出社团活动室。

“搞什么嘛，她也太擅作主张了吧！”

隔天早上，我在教室里生气地向芥川抱怨。

“你在说谁？”

“就是远子学姐啊！我本来又不想参加社团，可是她却硬把我拉进文艺社那个怪地方，每天逼我写作文，自己只顾着看书，悠闲地发表评论，这次又突然跟我说要休社，而且休社之后我还得继续写她想看的作文！”

“你不满吗？”

“超级不满啊！”

“可是，你不是在写了吗？”

芥川的视线落到我摊在桌上的五十页稿纸本。

我急忙用双手遮住写到一半的三题故事。

“这、这有什么办法啊？如果我不写的话，她一定会说我不够尊敬学姐、我害她没办法集中精神准备考试之类的，跟我吵个没完没了吧。”

芥川端正的脸庞流露出意外的神色。

“井上平常都很冷静，不过一提到天野学姐就会变得很孩子气呢。”

“说什么啊，孩子气的应该是远子学姐吧，根本都是我在照顾她嘛。”

“是吗？”

“就是这样。”

“好吧，那就不提这个了。我发的短信你已经收到了吗？”

“咦！”

我慌忙从制服口袋掏出手机。

这只深蓝色的手机，是我最近刚买的新产品。我以前一直认为自己不需要这种东西，但是跟芥川成为朋友之后，还是觉得有只手机比较方便，所以就用家人的名义办了一只。

“抱歉，我还没有养成检查短信的习惯。是我昨天主动传短信告诉你‘我已经有信箱地址’了吧。”

我打开手机，发现里面除了芥川传来的短信之外，不知为何还有妹妹舞花的短信。还在读小学的妹妹因为要跟游泳班的朋友联系，所以也买了手机，她一定是迫不及待地试着发短信吧。今天早上舞花在吃涂了橘子果酱的吐司时，还一边气嘟嘟地看着我，难道就是这个原因？哇，待会儿一定要记得回复，如果为了这种事让她拗起脾气可就不妙了。

“我已经收到你的短信了。真没想到你也会用表情符号呢！”

芥川变得有点腼腆。

“我两个姐姐都说我写的短信太严肃，所以我试着改善了。打起来还挺方便的。”

“这样啊。那我也叫妹妹教我一些吧，等我学到什么稀奇的符号再发给你看。”

“好啊，我会好好期待的。”

这时班上的女生成群结队跑了过来。

“咦，井上同学也买手机了啊！哇！是最新型的机种耶，好帅喔！”

"井上,跟我交换号码好吗?"

"我也要! 可以吧,井上?"

突然有大队人马包围过来,让我吓了一跳。如果她们是跟芥川要号码也就罢了,为什么跟我要? 我一向都不是很有女人缘啊。

"七濑也来吧。"

森同学把后面的琴吹同学一起拉过来,琴吹同学慌张地说:"我、我不用了啦,就算拿了井上的号码也没有用处。"

"别这么说嘛,大家都在交换号码,七濑也一起嘛……"

"就是啊,如果有事要联络不是很麻烦吗? 来吧,七濑,手机借一下。"

"就、就说不用了嘛!"

"哎哟,别拖拖拉拉的啦。放在这里吗?"

"呀! 不行啦! 还给我啦,小森!"

森同学把手伸进琴吹同学的口袋里抓出手机。

我说啊……不用搞到这种地步吧? 琴吹同学好像很不高兴耶。

就在此时。

"七濑,外找喔!"

琴吹同学看到一位身穿轻便西装、容貌温和的男性站在走廊上,就露出一脸嫌恶。她焦急地瞪了我一眼,再看看外面,然后又看看我,又看看外面,又转过头来。

"琴吹同学,有人找你喔。"

"不、不用井上多嘴我也知道啦!"

她撇下这句话，然后咬着嘴唇冲向走廊。

“啊，是阿球耶！”

“哇！他找七濑有什么事啊？”

从去年春天开始教音乐课的球谷敬一老师，长得很有气质，所以在女学生之中极受欢迎。不过我听说他好像有点奇怪……

“阿球一定喜欢七濑吧！”

“嗯嗯，他都直接叫七濑的名字，上课的时候也经常看着七濑，我总觉得他好像太关心七濑了。该怎么办呢，井上？”

“咦？什么怎么办……？”

“七濑在男生之中评价很高喔，因为她又漂亮，那种难以亲近的感觉又很容易引人遐想。你再这么散漫下去可就糟了哟。”

什么事情糟了啊？

“唉，真是的，阿球到底跟七濑说了什么啊？我好想知道喔！”

森同学她们一群人显得异常兴奋，搞得我满头雾水。我身边的芥川也不明所以地耸肩。

球谷老师双手合十，好像在拜托琴吹同学什么事，但是琴吹同学似乎很为难，不断转头看我这边。当我正在想，她鼓起脸颊瘪着嘴巴的模样，就跟我那还在读小学的妹妹今天早上不高兴的表情一模一样的时候，球谷老师突然转头看我。

奇怪？他看了我一下，就挥动戴着手表的手，示意我过去。

我用表情询问“是我吗”，球谷老师露出亲切的笑容对我点头。

我满心疑惑地走出教室。

“请问有什么事吗？”

被我一问，球谷老师就以轻柔悦耳的声音回答：

“井上同学，放学后你可以来帮我的忙吗？我想要找人帮忙整理音乐准备室的数据。”

“等一下……为什么要找井上啊！”

琴吹同学紧张地大叫。

“因为七濑刚才好像在暗示井上同学‘一个人太辛苦了，你也来帮忙吧’。”

“我才没有！而且我也还没答应啊！”

“是吗？那你刚才为什么一直看井上同学呢？”

“那、那是因为……”

“井上同学，你一定愿意帮忙吧？”

“呃？是的。”

面对球谷老师亲切的笑脸和温和的声音，我无意识地这么回答。

咦？我刚才答应了吗？糟了！琴吹同学噘起嘴巴瞪着我。

“喔喔，那真是谢谢你了。那么今天放学后就立刻开始吧，麻烦你了。工作还挺多的，所以你们都要好好努力喔。”

球谷老师很满意地拍拍我们的肩膀。

“都是井上害的啦！”

放学后，琴吹同学怒气冲冲地对我说。

位于二楼东南侧的音乐准备室里，堆满了大量纸箱。我们的工作，就是要把里面的数据分门别类放入数据夹。

“对、对不起……可是，老师本来就是要找琴吹同学帮忙啊……”

“要不是井上答应的话，我早就拒绝了。话说回来，为什么我非得跟井上一起工作不可啊！”

琴吹同学一边发火，一边打开纸箱，把资料拿出来堆在地上。

球谷老师神采飞扬地说："七濑来帮我的忙，让我觉得好高兴。坦白说我真的很欣赏你哟，七濑，你生气的模样也好可爱。"

"我对老头子才没有兴趣咧！还有，不要叫我的名字啦！"

"不好意思，我还以为七濑是姓氏，一不注意就记错了。"

"点名簿上不是写了全名吗！"

"是这样吗？"

"唔！"

琴吹同学憋了一肚子气，愤愤不平地转过身去。老师走到我身边，愉快地悄声说道：

"这种容易被激怒的个性真是可爱。看到她生气的样子，让人好想抱住她呢。"

"老师……身为老师不该说这种话吧？"

"老师离开教室之后，也只是一个普通的男人啊，井上同学。"

"至少请老师等到离开教室再说吧。"

琴吹同学发现我们贴在一起窃窃私语之后，悄悄地转头看我们。

结果老师开心地提高声调说："哎呀？七濑，你很在意我跟井上同学说了什么话吗？我只是在称赞七濑很可爱哟，你说是吧，井上同学？"

"呃，那个……"我不知该如何回答。

"才、才没有！我根本就不在意。"

琴吹同学慌忙转过身去。

"啊，七濑的腿上有蚯蚓耶。"

"呀！"

琴吹同学吓得跳起，拼命拍起裙子下方，好像快要哭了。

“呵呵，你果然怕蚯蚓啊，跟我想的一样。我一向很会猜女生的兴趣嗜好喔。附加说明，一般来说蚯蚓在十二月会进入冬眠，所以请不用担心。”

“唔……你这个性骚扰老师！”

她抓起数据揉成一团砸过来，老师敏捷地闪避，结果直接命中我的脸。

“好痛！”

“呀！井上太笨了吧，怎么不会闪开啊！”

琴吹同学慌得面红耳赤，嘴上一边抱怨一边转身背对我。

但接着没想到她又一脸担心地转头看我，然后又把脸转回去。

“你看，真的很可爱吧？”

老师搭着我的肩膀，对我眨眼。

琴吹同学……被老师要着玩了呢。

我忍不住同情起琴吹同学，不过——她那又生气又慌张的模样，真的像老师说的一样非常可爱。琴吹同学原来是这样的女孩啊？我大概可以理解班上男生为何那么欣赏她了……

“先休息一下吧。”

工作进行了一个小时左右，球谷老师拿来纸杯为我们泡茶。

乍看之下还以为是奶茶，但是颜色更浓，风味也更香醇，还散发着肉桂的香味。啊，里面好像还加了生姜。

“这叫做 Chay，是印度人常喝的香料奶茶（注 2）。味道如何呢？”

“很好喝耶。”

这应该是远子学姐会喜欢的味道。既香甜又温暖，可以让人消除疲劳、放松心情……

老师微笑着说：

“那就太好了，我很喜欢帮客人泡茶喔。七濑也觉得好喝吗？”

“……好喝。”

“如果跟我结婚的话，每天都能喝到喔。”

“我才不要！应该说，绝对不可能！”

看到琴吹同学像竖起毛发发怒的猫，老师只是不慌不忙地说：“这样啊。我朋友送我几张歌剧的门票，虽然只是学生发表会，但是担任主角的男高音可是职业级的。要一起去看吗，七濑？”

琴吹同学斜眼窥视老师手上的门票，似乎有点兴趣。

“……我已经有票了。”

球谷老师一脸惊讶地说：“哎呀，真凑巧呢！你也喜欢歌剧吗？我们兴趣一致，这一定是命中注定吧？”

琴吹同学连忙否认。

“才不是……因为我的朋友也参加演出，所以我才会买啦！”

“喔？你的朋友是白藤音乐大学附属高中的学生啊？这么说来就是我的学妹啰！她长得漂亮吗？”

“是又怎样？”

“我在想，或许我们三人可以一起去吃尼泊尔料理呢。你朋友应该有空吧？”

“夕歌已经有男朋友了啦！就算没有，我也不可能把她介绍给会在音乐鉴赏时塞上耳塞打瞌睡的音乐老师！”

“因为我是佛教徒，如果听了天主教的赞美歌，肚脐就会长出藤蔓哟。”

“我才没听说过这种事!”

“因为我是瞎掰的。”

“唔……!”

“老、老师！请你适可而止吧！琴吹同学也请冷静一点,先放下拳头好吗?”

我察觉到气氛不对,连忙介入调停,琴吹同学突然又脸红了,她缩手拍拍裙子,就回去继续工作了。

球谷老师隔着奶茶香甜的热气,眯起眼睛望着这样的琴吹同学。

“阿球学过声乐喔,他在大学时代曾经到巴黎留学,而且还在那里参加比赛得了奖呢。”

隔天的午休时间,我跟芥川一起吃便当时,森同学她们又是一票人围过来,大谈球谷老师的话题。

“阿球的父母都是音乐家,他也被人称为天才,他的歌声是能感动人心的甜美男高音喔。阿球如果去当音乐家,一定会像偶像一样大红大紫,可是他却跑来当老师,太可惜了啦!”

“啊,可是如果要选男朋友,与其要选那种经历复杂的美青年,还不如选同年龄的普通男生比较好吧？加油啰,井上。”

“就是说啊,七濑不是执着名牌的人,所以你就勇敢地放马过去吧!”

“啊！七濑回来了！那么七濑就拜托你啦,井上同学。”

我呆滞地目送森同学一群人快步走开。

“……刚才那些话是什么意思啊,芥川?”

"我大概可以理解，不过因为琴吹会生气，所以我不能说。"
芥川面有难色地放下筷子。
但是……对了！
我拿着莴苣煎蛋三明治，出神地思考。
球谷老师"也"被称为天才呢。

放学后，我把慰劳品三题故事丢进远子学姐在中庭非法设置的恋爱咨询信箱，然后走到音乐准备室，结果发现门前有位我没见过的男学生。

他的身高跟我差不多，头发颜色稍浅，身材纤细，戴着眼镜，是个毫无特别之处的普通学生。

他低着头，像空气一样从我身边默默走过。

奇怪？那个人不是要去音乐准备室吗……？

我打开门，看到球谷老师坐在铁椅上喝着印度奶茶。他似乎正在想事情，看见他把手指撑在嘴边一副恍惚出神的模样，不知怎的让我联想到那位绑辫子的文学少女，我不禁露出苦笑。他手上那只看起来颇沉重的手表耀眼地发亮。

"咦？井上同学，你一个人啊？七濑呢？"

"她还有事情，晚点才会到。"

"啊，太好了。我昨天跟她开玩笑好像闹得太过头了，所以我好担心她以后不来了呢。"

"……既然老师也有自觉，就请收敛一点吧。"

"可是，观察她的反应很有趣嘛。"

他的眼睛充满笑意，仿佛在暗示我"要保密喔"。

从昨天开始，老师就像个跟我感情很好的亲戚大哥哥，经常对我投以亲昵的视线，每当我看到那种目光，就觉得有点害羞。

“老师好像曾经在国外得奖，还被称为天才吧？”

“哈哈，是有过这回事。”

球谷老师轻轻地笑了。

因为他的笑容十分自然，所以我放胆问下去：

“那老师为什么不当音乐家呢？”

此话一说出口，我自己也很紧张，屏息静待老师的回答。

“……”

这是因为，我也曾经被称为天才。

只是一介平凡初中生的我被卷进了轩然大波，那是在初三的春天。

我去投稿小说杂志的新人奖，以十四岁的年纪成了史上最年轻的得奖者。因为我用的是井上美羽这种女性笔名，还被冠上了“谜样蒙面天才美少女作家”如此夸张的名号，成为全国瞩目的名人。

过了两年以上的岁月，我终于能够过上平稳的日常生活，如今我交到了朋友，也重拾了笑容。

球谷老师……又是什么情形呢？

他被周遭人们誉为天才，被赋予那么多期待，为什么会来当老师呢？

关于这个问题，他自己又是怎么想的？

老师在奶茶的香甜热气中笑逐颜开。

“跟喜欢的人相处的时间，比什么事都重要喔。那些华丽的舞台、让人紧张到胃痛的训练、繁重的行程表，对肌肤可不太好哟。”

他的声音清澈，没有半点混浊。

老师温和地眯起眼睛，笑容像金色蜂蜜融化一样地荡开，然后干杯似的举起纸杯。

“所以，我敢肯定地说，我对自己的选择一点都不后悔。只要有一杯茶，人生夫复何求？没有任何事物比得上平凡的日常生活。”

老师的声音和这番话语，像光芒一样直射我的内心，仿佛飘着肉桂芳香的印度奶茶在口中留下些许刺激的同时，也逐渐温暖了体内的每一个角落。

我无法将视线从老师的笑脸移开。

啊啊，真好。

我也希望自己有一天可以像这样肯定自己的人生。

一边品味日常生活中温馨的点点滴滴，一边悠闲自然地度过每一天。

一向被我视为怪人的球谷老师，现在看来却变得非常深沉睿智。

这时，琴吹同学上气不接下气地出现了。

“欢迎啊，七濑。看你跑得这么急，原来你这么期待跟我见面啊？”

“才、才不是……”

“啊，是蚯蚓。”

“哇！”

“琴吹同学，蚯蚓还在冬眠哟。”

“你少啰唆啦，井上！”

球谷老师跟昨天一样，还是戏弄着琴吹同学。

琴吹同学依然气得七窍生烟，我也依旧努力调停……

这些平凡无奇的相处情形既愉快又温馨，让人感到心旷神怡。

你好，心叶。

我已经收到信箱里的点心了。

题目是“校门”“鲸鱼”“高空弹跳”，新鲜薄荷果冻风味。

果酱甜了一点，味道与其说是薄荷，还不如说是香浓奶茶的味道在口中逐渐扩散，还散发出肉桂和生姜的香味，真是太好吃了！没错，这种味道简直就是印度奶茶呢！最后一句话，像是温热柔软的果冻暖烘烘地滑落胃里，吃进嘴里就觉得好幸福。谢谢你的招待。

我在校外模拟考拿到的成绩是E等级，本来意志有点消沉，但是吃了心叶写的点心，又重新打起精神了。请再多写些美味的点心哟。

远子

哇，被她看穿了。

放学后，我读了远子学姐留在信箱里的信件之后，觉得脸上隐隐发烫。印度奶茶的味道……还真被她说中了。我在写作的时候可没有刻意这么想象呢。

而且，她竟然拿到E等级——远子学姐真的没问题吗？

考试前如果吃坏肚子就麻烦了，所以还是不要写幽灵全餐给她好了。

我把上课时间写好的新“点心”投入信箱，就往音乐准备室去了。

◇　◇　◇

天使为我带来一棵枞树。

一定是看到我昨晚为了打工的事情绪很低落，所以天使想帮我打气吧。天使知道我所有的事，我也只对天使畅所欲言。

无法对七濑启齿的事、丑陋的事、肮脏的事，我也都会告诉天使。

距离圣诞节还很久，不过我跟天使一起挖土，种下了枞树。这是我跟天使珍贵的圣诞树。

我们约定了，明天要拿天使的羽翼、水晶教堂、金色铃铛和星星来装饰，而且还要装上小灯泡。

天使不相信神，还说他讨厌圣诞节和赞美诗。当我唱起赞美诗时，天使会塞住耳朵，叫我别唱了。我也不相信神，但我还是喜欢圣诞节。我可以一直看着圣诞树上的灯泡看一整晚，这么一来，就算不相信神，还是感受得到神圣而纯洁的气氛，好像整颗心都笼罩在光芒之中。

如果可以住在树中就好了呢。这样的话，我的丑陋一定可以在洁白光芒里净化一空。

今年的圣诞夜，我要和男朋友一起度过。

圣诞节要跟七濑共度。

七濑跟井上不知道进展得顺不顺利？昨天七濑在电话里难过

地说，她又瞪了井上，所以心情很不好。

我认为七濑是个很可爱的女生，如果她能够积极一点，井上一定会爱上她的。

如果哪天七濑和井上可以跟我和男朋友来个双对约会就好了，当我这样告诉她的时候，我突然感觉到自己在说谎，胸口痛了起来，还觉得好想哭。

◇　◇　◇

"琴吹同学，你跟球谷老师感情很好呢。"

"笨、笨蛋……！你胡说什么啊，哪有这种事！"

一小时后——被阳光晒得暖烘烘的音乐准备室里，我跟琴吹同学一起工作。

球谷老师有事要去教职员室，暂时离开了，所以准备室里只有我和琴吹同学两人。琴吹同学在我身旁啪沙啪沙翻着纸张，一边抱怨："井上，你的眼睛有毛病吗？"

"是这样吗？可是我看琴吹同学和老师在一起就会变得比较多话耶。"

"……那、那是因为……"

她好像想说什么，却又改口"没什么啦"，别开脸不再说话。

然后她以惊人的气势埋首于工作。

对了，我有件事一直很想问琴吹同学。怎么办呢？要不要干脆现在问她呢？

“琴吹同学。”

“什、什么?”

“琴吹同学在初中的时候,是在哪里见到我的?我想了很久,还是想不起来。”

啊,我真的问了。

既然到了这个地步,干脆全部问个清楚吧。包括在文化祭排演时,琴吹同学哭着说出来的话……

——井上一定不记得了吧。可是,对我来说那是很特别的。

——总是跟井上在一起的那个女孩,就是作家井上美羽对吧!

为什么琴吹同学误以为井上美羽就是美羽呢?

为什么我完全不记得以前在哪里看过琴吹同学呢?

她对我的态度差到如此不自然的程度,大概也跟这件事有关……

琴吹同学低着头,像颗石头一样动也不动。她咬紧嘴唇,脸色变得苍白。

我是不是不该问呢……

当我开始后悔时,她艰涩地挤出声音。

“……校徽。”

“咦?”

“校徽……你还不懂吗?”

“那个,你是说制服上的校徽吗?”

琴吹同学的肩膀猛然一颤。

“等一下,让我想想。校徽……呃……唔……”

我初中的校徽是枫叶形状,不同年级有不同的颜色。琴吹同学遇见我的时候,是二年级的冬天吧?这么说来,应该是蓝色的校徽……

“够了!”

激昂的语气打断了我的思绪。

琴吹同学握紧双手,不停颤抖。

“不……不需要勉强自己想起来!”

仿佛连室内空气都冻结了,我也不知该做何反应。

此时,球谷老师回来了。

“不好意思,有人拿了盐味大福来教职员室,所以大家就一起泡茶吃点心。咦?七濑,你怎么了?”

老师把脸贴近七濑同学,近到好像快亲到她,因此她慌忙退后。

“什、什么都没有啦!”

“啊,一定是因为我不在,所以觉得很寂寞吧?”

老师笑着说。

“笨蛋!变态!才不是咧!”

她面红耳赤地大吼。

虽然琴吹同学变得比较有精神了,但是后来她没有再看过我一眼。

校舍被夕阳映照成橘红色时,我们三人走出音乐准备室。

“明天和后天我有事要先离开,所以下一次是礼拜四喔。到时也请你们多多帮忙啰。”

“好的,老师再见,琴吹同学再见。”

“……再见。”

我向要回教职员室的老师，还有要去图书馆的琴吹同学道别之后，想要转身离开。

突然间，我感到某人的视线。

有一道像针一样锐利的阴沉目光正在看我，但我却看不见人影。

到底是从哪里来的？

我站在楼梯前四处张望，听见像风一样轻柔的低沉呢喃跟啧啧声从头顶传来。

"……悠哉的家伙。"

我身体僵直，皮肤起了鸡皮疙瘩。

我抬头仰望，屏着呼吸仔细观察延伸到四楼的阶梯，不过还是看不到任何人。

刚才的声音……是怎么回事？

那是在对谁说话？对我？对老师？还是对琴吹同学？

我继续竖起耳朵倾听，但是连脚步声都听不见。

◇　◇　◇

老师为了客人的事情打电话来，对我的事情非常关心。

老师是个温柔的好人。

很久没有跟我约会的他好像不太高兴，就算我碰触他的手，他也没有放开紧握的手指。你别继续打工了，他低声这么对我说。

为了纾解心情，我在城堡的大厅里贴满照片。

七濑和我的合照、天使和我的合照，每张照片上的我都笑得很开心，让人一看就觉得这张照片里的女孩一定过得很幸福，也会感染到她的喜悦。

但是，只有他的照片让我心痛得无法贴上去。

所以我把他的照片换成蓝色蔷薇的照片。

虽然那是把白色染上蓝色制成的虚假色彩，但还是很美丽。

蓝色蔷薇在以前具有“虚幻空谈”“无法实现之事”的意义，但是现代科技已经成功重组基因，培育出蓝色蔷薇，所以花语也变成了“奇迹”或“神的祝福”。

但是，在网络上看到的蔷薇图片还是带着紫色，并不是纯粹的蓝色……

所以，或许蓝色蔷薇的意义仍然是“无法实现之事”吧。

克里斯蒂娜(Christine)也对劳尔(Raoul)说过这样的台词：

“在这个世界上，我们的爱实在太悲哀了。把它带到天上去吧！……如果是在那里，这份爱情一定会更容易实现的！”

我希望，至少七濑的恋情可以进展得顺利。

◇　◇　◇

我该怎么做，才能跟琴吹同学和好呢？

隔天放学之后，我一边烦恼，一边在走廊上漫步。

琴吹同学好像还在为昨天的事生气，就算在教室里也回避着我。

森同学担心地跑来问我："井上同学，你跟七濑吵架了吗？"但我实在不知要怎么回答。森同学还很忧虑地拜托我说："七濑只要一紧张就会变得很顽固，虽然我不知道发生了什么事，不过还是请你别跟她计较喔！"

有人突然戳了我的后颈，害我吓得跳了起来。

"哇！"

回头一看，一位抱着鹅黄色活页夹，头发蓬松的娇小女孩笑容满面地望着我。那是一年级的竹田同学。

"你好，心叶学长。我听说了你跟七濑学姐的事哟！"

"竹田同学……！什么啊？你听见什么了？"

"你跟七濑学姐躲在音乐准备室里偷偷约会对吧？学长终于行动了啊，是不是很不知所措啊？"

她一边说，还用手肘顶我的腹部。

"别这样啦，会被别人看到喔，竹田同学。那才不是偷偷约会，我们只是去帮教音乐的球谷老师做事，老师也在啊，而且不知所措是指什么？"

此时，放在我胸前口袋的手机发出短信通知声。

我对竹田同学说声抱歉，打开手机一看就吓了一跳。

咦！是琴吹同学寄来的短信！

我急忙打开内容来看。

"我是七濑啦。

"今天好像对井上视若无睹的样子，真是对不起！

"其实，我对井上……（＞_＜）

“你今天可以来图书馆一趟吗(^_^)

“我有些话想要告诉井上(＊^_^＊)”

这……这到底是……?

大量的表情符号在我脑中来回交错,竹田同学见状就指着惊慌的我说:

“啊……真的不知所措了。”

琴吹同学到底是怎么了?

我丢下竹田同学,心神不宁地走到图书馆,看见琴吹同学坐在柜台里工作。

“井、井上……”

她似乎很惊讶,睁大眼睛愕然看着我。看到她那种模样,我也觉得心跳快到几乎爆炸,全身血液都涌上头部。

“怎、怎样? 要还书吗?”

“那个……因为我收到短信,说有话要告诉我……”

“咦? 谁啊?”

“不就是琴吹同学吗? ……你还叫我来图书馆。”

“咦咦咦咦咦!”

她忍不住发出惊叫,然后急忙捂住嘴巴,小声地说:

“我才没有传那种短信给你!”

“可是,短信显示的是琴吹同学的号码啊……”

我也糊涂了。这是怎么回事啊?

“骗人,怎么可能。我没事干吗传短信给你啊!”

琴吹同学不悦地瞪着我。

这时,森同学一群人突然跑到柜台旁边。

“咦！井上同学你也在啊！真巧耶！”

“哇，太好了，七濑。你有重要的事想对井上说吧？”

“这里就交给我们了，你快去说吧！”

琴吹同学听了立刻脸色一沉。

“小森，是你用我的手机传短信给井上吧？”

听到她冷冷的质问，森同学她们都吓到了。

“呃，这个……”

“小森，刚才是你说忘记带手机，所以要跟我借吧？”

“对、对不起！因为七濑一直不跟井上说话嘛……”

琴吹同学满脸通红，情绪激动地大喊：

“不要多管闲事！我最讨厌的就是井上了！”

这句话深深刺进我心里，头脑好像烈火灼烧一般发烫。

柜台周遭陷入寂静，琴吹同学茫然地看着我。过了一会儿，她垂下眉、咬紧嘴唇，露出快要哭泣的表情，从柜台里飞奔而出，离开了图书馆。

“七濑！等一下！”

森同学她们也慌张地追过去。怎么办？我是不是也该跟过去呢？可是——

此时旁边传来一句低语。

“真差劲……”

我讶异地转头，有个戴眼镜的男生对我投以冰冷的目光。

我大吃一惊。

这个人不就是我在音乐准备室前看到的男生吗？

而且，这个声音！跟我昨天在楼梯前听到的声音很像！

他像是在责备我，盯着全身僵硬的我看了一下，然后口中啧啧作响，走回柜台里，接着冷漠地转开脸去，开始做图书委员的工作。

我完全不明白为何他会对我如此反感，因此只能胆寒地望着他。

◇ ◇ ◇

突然来了一件工作。

每次见到新客人，我就有点畏惧，心想说不定又会被揪着头发殴打，赤着脚被丢到黑暗的草丛里。

“只要付三倍价钱就好了吧。”

说不定会有三张脸这么说着，猥琐地对着我笑。

活生生被剥下皮肤、手脚被切断啃食，大概就是这种感觉吧。尖叫的话会损伤喉咙，所以我要咬紧牙关，闭紧嘴巴，只能默默哭泣，然而这样又会被说扫兴，会挨打得更厉害。我对他们来说并非人类，而是没有名字的猪。不，对其他人来说一定也是这样……

我收到了七濑的短信和语音留言。她以哭泣的声音说，班上的朋友好像说了她什么事，所以她跟井上之间的情况变得很混乱，她还说想跟我见面。

我好想立刻飞奔过去，彻夜听她述说心事直到天亮，好想摸摸她的头安慰她。

看到七濑哭了，我就无法忍耐，好像自己也痛苦到无法呼吸。

但是，现在不行，再不出门就要迟到了。

要晚一点才能打电话或发短信给七濑。

而且我也非得发短信给他不可。

我跟他一点都不相配，如果他跟我在一起，他的崇高与纯洁就会被我身上的泥巴玷污，每次他用那美丽的手指碰触我，我都觉得自己没有资格被爱，绝望得想一死了之。

我不希望令他声誉蒙羞，不希望玷污他。我不要！绝对不要！

我爱他爱到无法自拔，只要是为了他，我可以持续忍受比死更痛苦的事，所以我总有一天非得离开他不可。

我的爱在这个世界上实在太悲哀了，如果不到天上，就无法变得纯洁。

但是，对不起。请让我再多待一阵子——只要再一点时间就好，再让我碰触你的手，至少等到发表会结束。

真的快来不及了。

我要走了，七濑。

第二章

歌姬的行踪

隔天清晨，我比平时还早出门。

昨天回家之后，我还是一直想着琴吹同学快要哭泣的表情，所以心情很低落。她在大家面前说讨厌我，的确令我很震惊，但是我更在意的是，琴吹同学似乎受到了更大的伤害，简直就像她才是被我讨厌似的……我坐在桌前写着要给远子学姐的“点心”时，也不停想着这件事，所以一直没有进展。我一边烦恼一边写的“蝴蝶”、“恐山”、“沙发”——蓬松而治愈人心的香草蛋白霜风味作文，实在说不上蓬松而治愈人心。

距离开始上课还有一些时间，我决定先去文艺社社团活动教室重写一篇。

我在刺骨寒风中走进校门，看见了琴吹同学的身影。

咦？

在阴沉厚重的云层之下，琴吹同学拖着脚步，软弱无助地往校舍门口走去。我总觉得她的模样很不对劲。

我有点担心，自然而然地加快脚步追上她。

琴吹同学眼神空洞地站在鞋柜前。

她的脸色苍白，表情毫无生气。

“琴吹同学。”

我一叫她，她就惊讶地抬起头。

“……井上……”

她虚弱地叫了我一声，好强的眼睛立刻盈满泪水。

我吓了一大跳。

“怎、怎么了！你还在介意昨天的事吗……”

“……不是。是夕歌……”

夕歌？

下一瞬间，琴吹同学双手捂面，哇地放声大哭。

“夕歌不见了啦！我……我该怎么办……”

呃？怎么了？到底发生什么事了？你先别哭好吗？把事情经过详细地告诉我可以吗？

我努力安慰像孩子一样哭泣的琴吹同学，拉着她的手把她带到文艺社社团活动教室，搬了一张椅子让她坐下。

琴吹同学缩着身体颤抖，她的外套袖口和制服裙子都被泪水沾湿，抽抽搭搭哭了好一阵子之后，她才开始说事情的经过。

原来是她的外校朋友水户夕歌失踪了。

昨天琴吹同学跑出图书馆后，就去拜访水户同学。

但是她家的玻璃窗都破了，里面空空荡荡，看起来好像已经无人居住。她吃惊之余也问了附近的住家,结果听说水户同学一家因为欠债不还,已经在两个月前连夜潜逃。

“呜……我跟夕歌每天都会互传短信,也会讲电话,上个月还一起去逛街买东西,但是她从来没有跟我说过搬家的事。呜呜……没想到夕歌家里竟然发生了这种事……昨天晚上,我打了好几次夕歌的手机,可是没有人接听,我发短信过去也没有响应,照平常的情况来看,她应该会立刻回复的啊。夕歌到底去哪儿了呢?”

琴吹同学哭得一把眼泪一把鼻涕,内心混乱得好像如果没有人帮助就会立刻崩溃似的,看起来既脆弱又可怜,就连裙摆之下的膝盖都沾上滴落的泪水。

上课铃声响起,早上的班会课已经过了,现在是第一堂课的上课时间。

如果是以前的我,绝对不可能逃学,还跟女生两人独处。

但是,看到琴吹同学因为好朋友的失踪而受到打击,不知所措地哭成这样,我无论如何都没办法丢下她不管。

或许也因为昨天我在图书馆里害她露出那样的表情,所以才更加这么觉得。

“琴吹同学,别再哭了,我们一起调查水户同学的事吧。我想,干脆去水户同学的学校找些认识她的人问问看吧?我也会尽量帮忙的。”

琴吹同学一边哭泣,一边轻轻点头。

回家后,我打开房里的计算机,开始上网搜寻。

水户同学就读的白藤音乐大学附属高中,是出了很多职业音乐家的名校，课程以音乐相关的教学为主，也有不少学生到国外留学。刊登在网页上的校舍照片，有着西式的豪华装潢，我还看过借用他们校舍拍摄的连续剧。

听说水户同学的目标是要成为职业的歌剧歌手，而且她不久之后还要在校内礼堂举行的学生歌剧发表会中担任女主角。琴吹同学说她最近忙于排演和打工，所以两人很少讲电话，多半以短信保持联系。

最令我讶异的是他们的学费和课程项目。这所学校的学费竟然高达公立学校的三倍之多，跟私立普通科学校相比也多出将近两倍！水户家是四人家庭，父亲只是个平凡上班族，水户同学之所以打工也是为了赚取学费。

“原来学音乐要花这么多钱啊……”

对了，圣条学园也有很大的音乐厅。那样豪华的建筑物听说只靠着毕业校友的捐赠就盖好，真是太惊人了。不过管弦乐社跟学园的经营者姬仓一族向来关系密切，所以原本就不能用我们一般人的常识加以衡量。

搜寻数据途中，我的手机响了起来。

看来是我正在等的人打来的。我把手机贴在耳上，听见一个开朗的声音说：

“好久不见了，心叶。你会主动找我还真是稀奇耶。”

樱井流人是远子学姐寄宿家庭的儿子。今年夏天，他跟一群女孩子牵扯不清的时候被远子学姐拎着书包冲过去劈头乱打，我们因此相识。

流人在电话的另一端以愉悦的语气说：“远子姐很生气哟，还吵着说‘竟然没有点心……’、‘亏我一直引颈期盼，心叶真是太过分了，一点都不尊敬学姐嘛’。”

流人活灵活现地学起远子学姐的语气。

糟了！我完全忘记点心的事了！本来打算重新写过再投入信箱的稿纸，现在依旧放在书包里。

“因为突然遇上一些状况，所以我没空拿去。”

“啊！如果远子姐听到这些话，一定会气到把脸颊鼓得快要胀破喔。可能还会说‘我是靠着心叶的点心才能努力准备考试，我的人生已经没有任何乐趣了，考试一定会落榜的，都是心叶害的啦’！”

“这是你自己说的吧？”

“不，这是远子姐内心的呐喊。因为心叶是远子姐的作家嘛。”

流人心平气和地说。

——远子姐的作家。

这句话他以前也说过，但我还是脸红了。我的作文都只是乱写一通，将来我也绝不打算成为作家。

我勉强挥开心中苦楚，开始跟流人说起今天的事。

“就是这么一回事，如果你在白藤音大附中有认识的人，请介绍给我吧。”

“真令人意外呢，心叶竟然会这么积极。”

“是这样吗……”

“我还以为心叶是个不喜欢多管闲事的人呢。”

我的脸颊红得几乎发烫。以前的我确实是个独善其身主义者，但是在文化祭跟芥川成为朋友之后，或许我真的改变了一些吧。

流人试探般地问我：“难道说，你对班上那个叫做琴吹的女孩很感兴趣吗?”

我连忙否认。

“没这回事啦！我只是觉得不能丢着琴吹同学不管,才不是因为那种理由……”

“无所谓啦。既然心叶拜托我,我一定会帮忙的。我在白藤有认识的人,等一下就联络看看。”

真不愧是个脚踏三四条船也面色不改的花花公子,他大概一年到头都在处理感情问题吧。

流人在女孩中的人脉之广、行动力之强,从以前就让我佩服不已。就算没有人脉,也能立刻搭讪到朋友,他就是这么一个令人惊讶的人物。我不禁怀疑,他的年纪真的比我小吗?

“谢谢,流人果然很可靠呢。”

流人对我的致谢充耳不闻。

“不过,我有一个条件。”

他说了很像是麻贵学姐会说的话。

“是什么？如果要叫我帮忙写作业是没问题啦。”

“不用了,愿意帮我写作业的女孩多得是。我要说的不是这个啦,心叶,你在圣诞夜有节目吗?”

没想到他会问这种问题,我不免感到惊讶。

“圣诞夜？没有啊。”

“太好了！那我就先跟你预约啰。”

“如果要我在圣诞夜跟男生去迪斯尼乐园,手牵手看花车游行,那就不必了。”

“哈哈,听起来还真不错。总而言之,请把那一天空出来吧。就算有胸部比远子姐雄伟的女生邀约,也请你务必拒绝喔。”

“你是指十岁以上的所有女生吗?”

“哇噻,心叶讲话还真毒耶。远子姐可是很在意这件事的,每天早上都要做健胸体操喔,你就别太欺负她嘛。”

“健胸体操……那是怎样的体操啊?”

“就像这样,双手合掌靠在胸前,往左移、往右移,我偷看她房间时,都会看到她很认真地在做呢。”

我光是想象就觉得头昏了。那是瑜伽吗?

“那么,白藤的事情,等我联络到人之后就发短信给你。还有,请你一定要记得远子姐的点心,她真的很期待呢,我这个弟弟也帮她拜托你啰。”

流人以玩笑般的语气说完,挂断电话。我收到他的短信大概是在五十分钟后——刚好写完要给远子学姐的三题故事之时。

“明天四点,请在白藤附中的正门等着,有一位绝世美人会去找你。”

就这样,隔天放学后,我和琴吹同学一起站在豪华的石材大门前,紧张地等待流人的朋友。

到了十二月,日落的时间越来越早,校舍被晦暗的夕阳逐渐染上暗红色。冷冽的北风不断吹送,琴吹同学冻得直发抖。

“很冷吗?”

“没、没事……”

琴吹同学大概是昨天在我面前哭过所以觉得害羞,她的视线飘移不定,回答的语气也不太自然。今天水户同学同样没有发短信给她,这已经是断绝音讯的第三天了,也难怪她这么担心。

我们等了十分钟左右，已经有不少穿着大家闺秀风格的制服洋装和外套的女孩从我们面前经过，但是没有一个看来像是我们要找的人。流人只在短信上写了“绝世美人”，我不禁后悔为何没有问对方的姓名。

“你是井上同学吗？”

背后突然传来一个性感的女声，我急忙回头。

“好像猜对了呢。这么晚到真是不好意思，我是流人的朋友，叫做镜妆子。”

扬起艳丽红唇微笑，穿着合身上衣长裤和长大衣站在那里的女性，是一位成熟的美女。

“我可以抽烟吗？”

我们走进附近的泡沫红茶店，她一坐下就这么询问。

“这个……”

我看看琴吹同学，她轻轻点头。

“好的，请便。”

妆子小姐看着我们的应对，温柔地眯细眼睛。

“谢谢。明知抽烟对喉咙不好，但我就是戒不掉。”

她衔起细细的淡烟，用银色的打火机点燃。那种优雅的仪态怎么看都像个模特儿，的确是位绝世美人。流人到底从哪认识这种人啊？

妆子小姐是教声乐的老师，也认识水户同学，她皱着眉头告诉我们，水户同学已经好一阵子没上学了。

“大概将近十天了吧？她也不回宿舍，让我觉得好担心。”

“夕歌住在学校宿舍吗?”

琴吹同学表情僵硬地问。

“是啊,听说是因为她的父母在秋天搬走了。”

妆子小姐难过地说,水户同学的父亲因为帮朋友当保证人,所以扛下一大笔债务,而且讨债人员甚至到他的公司吵闹,害他无法继续在那边工作。

在她叙述之时,琴吹同学一直脸色苍白,讶异地聆听。

“这次的发表会,已经决定要让水户同学饰演主角图兰多公主(Turandot)了。水户同学可能遇上了好老师吧?从今年夏天开始,她的歌声产生了戏剧性的变化,在那之前她总是用会伤害喉咙的笨拙方式唱歌,还为此烦恼不已呢。到底是哪个教唱班的老师教她的?或者根本就是职业歌手?我也曾经很感兴趣地问水户同学,但她只是顾左右而言他,还开玩笑似的对我说‘我的老师是音乐天使’。”

琴吹同学的肩膀猛然颤抖。她像是听见什么可怕的话语,眼中浮现胆怯的神色。

“怎么了?琴吹同学?”

“没……没什么……”

她紧抓着裙摆一角,声音像是忍耐着痛苦,怎么看都不像没事啊……

“水户同学被选为主角,接下来正要开始大放异彩,她可是拥有成为职业歌手的资质呢。”

妆子小姐遗憾不已地说,然后在烟灰缸里捻熄了香烟。

“不好意思,我差不多该回学校了。井上同学,手机借我一下。”

“啊，好的。”

她接过手机，利落地操作按键，再把手机还给我。

“我已经输入了我的号码和信箱地址，如果你知道水户同学的消息，请跟我联络，我有消息也会通知你。”

“非常谢谢你。那个……方便的话，我也想要向水户同学的校内朋友打听看看。”

“没问题。那明天也约在这间店吧？”

妆子小姐拿起账单站起，好像突然想起什么事，又对我说：

“井上同学读的是圣条学园吧？阿球最近好吗？”

“你认识球谷老师吗？”

妆子小姐微笑着回答：

“他是我大学的学弟，阿球可是我们的希望之星呢。像他那样声音清澈响亮的男高音，大家都说他一定可以成为代表日本的歌剧歌手。”

“球谷老师精神很好，好像也过得很开心。之前他还说过‘只要有一杯茶，人生夫复何求’呢。”

“他一点都没变呢。他在巴黎留学的时候突然失踪，但是一年后又若无其事地回来。他顶着一头乱发，脸也晒得乌漆抹黑，笑嘻嘻地说他四处旅行，现在回来了。真是个唯恐天下不乱的家伙。”

她表情温和地说着。

“如果水户同学也能像这样笑着回来就好了。”

妆子小姐喃喃说完就走出店外。

外面吹着北风。

道路两旁的橱窗里，纷纷摆出以红色、金色缎带和白色棉花装饰的商品，不久就是圣诞节了。

“琴吹同学，你对‘音乐天使’知道些什么吗？”

我按着围巾不让它被迎面而来的寒风吹起，一边提出疑问，跟我一样前倾着身体走路的琴吹同学显得十分犹豫，吞吞吐吐地说：

“……我想到的是《歌剧魅影》。”

“《歌剧魅影》？是音乐剧吗？”

我回想起，曾经在电视广告上看过戴着面具一身黑服的男人。

琴吹同学神情苦闷地点头。

“夕歌很喜欢那出音乐剧，也读了很多遍原著，她还借我那本书。在那个故事里，有一位‘音乐天使’教导身为歌手的女主角唱歌。夕歌常跟我说，如果她也能遇见‘音乐天使’就好了。”

琴吹同学的脸庞半埋在围巾里，颤抖地说着。

“还有……”

看她那种悄声说话的模样，简直像是畏惧着那位“音乐天使”。

“今年暑假，夕歌发给我一封很奇怪的短信，内容写的是‘七濑，我遇见音乐天使了’。”

冷风从耳边掠过，仿佛从远处传来的野兽咆哮声，断断续续地遮盖了琴吹同学的声音。

“后来她每次提到天使就会变得很亢奋。她经常说些‘天使教导我像乐器那样唱歌’‘天使带领我升上天空’之类的话……她真的非常陶醉，所以我觉得不太寻常。”

“水户同学跟你说过那个人的名字吗？”

琴吹同学摇摇头。

“没有。”

然后她咬着嘴唇，眼中闪现怒气，语气严峻地说：

“……但是我觉得，夕歌说不定跟天使在一起。”

◇ ◇ ◇

天使教导我，如何像最高级的乐器那样唱歌。

从我跟天使初次相见的那晚开始，一直都是如此。

在那以前，我总觉得自己是个坏掉的乐器，是个不管多拼命吹，还是只能发出难听噪音的破铜烂铁。

不过，今非昔比。

现在的我，已经能够唱出像珠玉迸落般的优美花腔，以及清脆嘹亮的美声唱腔。跃动的歌声，高亢的歌声，华丽的歌声，像风一样、像光一样的歌声。

不管哪一种歌声，我都能轻松自然地唱出来，像是跟天空融合为一。

是天使让我埋藏已久、受到压抑的歌喉尽情展现。

我越是歌唱，就越感到心和灵魂变得晶莹透明，意识开始朦胧，身体也变得轻盈，可以忘记所有的事。

我感觉自己像是站在舞台中央，在纯白光辉照耀之下唱起咏叹调，既恍惚又幸福，但是我又为此感到恐惧。

如果这只是一场梦，等我醒来一切都会消失无踪，我一定没办法继续活下去。

◇ ◇ ◇

水户同学为何选择离开家人，自己一人留在这里？

她真的这么想继续唱歌吗？

既然如此，为什么她被选为发表会主角之后还会无故失踪？

我不停思考这些问题，回家途中还顺便去书店买了一本文库本的《歌剧魅影》，躺在床上开始阅读。

厚厚的书里写满细小的文字，看来一个晚上应该读不完……

故事在神秘的气氛中展开。

时间是十九世纪末期。巴黎的某间歌剧院里，流传着鬼魅出没的谣言。

魅影借着“剧院之鬼”的名号，向剧院经理提出各种要求。

譬如说，每年要支付魅影二十四万法郎。

所有的演出，都要保留二楼的五号包厢让魅影使用。

以及让克里斯蒂娜(Christine Daae)代替首席女歌手卡罗塔(Carlotta)站上舞台等等——

原本只是个合唱小配角的克里斯蒂娜，在那场演出中获得前所未有的成功，所有观众都为她奇迹般的歌声陶醉，热烈地拍手喝彩。

其实，克里斯蒂娜接受过这位自称“音乐天使”、身份不明的“声音”秘密教导。

然而克里斯蒂娜的青梅竹马，也就是暗恋着她的纯情青年劳尔·夏尼子爵(Raoul, Vicomte de Chagny)却偷听了她跟“音乐天使”的对话。

他看到克里斯蒂娜如此崇拜“音乐天使”的样子,不由得心生嫉妒。

克里斯蒂娜是不是爱着“音乐天使”?“音乐天使”是不是打算诱惑克里斯蒂娜,把她带走?

书中详细描写了劳尔妒火中烧,无法继续坐视不管的冲动心情,我越看越投入,好像也能体会到劳尔那种几乎崩溃的不安情绪,手心不停冒汗。

另一位克里斯蒂娜——水户夕歌——是否平安无事?

水户同学也在接受“音乐天使”的教导,还陶醉地说自己像是被天使带到天上去般。水户同学的歌喉也像克里斯蒂娜那样突飞猛进。但是,就连水户同学的好朋友琴吹同学也不知道天使的名字和个性。

这是为什么?是因为天使不准她说?

或者,根本连水户同学都不知道天使的真正身分?

水户同学的天使到底是谁?另外,水户同学的“劳尔”又是谁?

琴吹同学在归途说的话,又浮上我的脑海。

“我觉得,夕歌说不定跟天使在一起。夕歌跟天使相遇之后,就经常拒绝我的邀约,因为她恨不得每天都能多留点时间跟天使唱歌。我担心地问她是不是在迷信什么诡异的宗教时,她还对我发了好大的脾气,三天都不跟我发短信。夕歌她……不管天使跟她说什么,她都言听计从,如果天使命令她,她也一定什么都愿意去做……”

宗教——这个词汇让我心头一惊。对水户同学来说天使就像教祖一样，是绝对无法违逆的人物，琴吹同学因此担心她太过执迷。说不定也是因为好朋友被莫名其妙的人夺走，所以感到嫉妒吧。

“水户同学说过她有男朋友吧？天使跟男朋友是同一个人吗？”

我回忆起琴吹同学被球谷老师邀请去听表演时说过的话。

“不是。夕歌跟男朋友是从去年秋天开始交往的，所以应该是不同的人。夕歌说过，她的男朋友是我们学校的人，他们在文化祭上认识。但是……”

她说到这里就暂停了一下。

“夕歌不肯告诉我他的名字，她只是笑着说，等到我也交了男朋友才要告诉我……我不死心地追问，她就给了我一些提示，但我还是猜不出来。”

“怎样的提示？”

“提示有三点……男朋友是九人家庭，思考事情的时候习惯绕着桌子走来走去，还有喜欢喝咖啡。”

的确很难猜。喜欢咖啡的人多如牛毛。习惯绕着桌子走的习惯，如果不是身边的人又很难发现。九人大家庭在现代算是很少见，但是想要光靠这点调查全校的人也不太可能。

琴吹同学大概也觉得没什么希望，但是她迷惘了一会儿，好像突然想起什么重要的事。

“对了……我最后一次跟夕歌讲电话时，她跟我说男朋友就在她旁边。”

“最后一次讲电话，是什么时候？”

“大概是……十天前吧……”

“就是水户同学开始无故缺席的时候吧。”

“……嗯。那天我有事情非得找夕歌商量不可，所以在语音信箱留言给她，她发短信回复说，她等一下就要去打工，到了晚上再打电话给我。但是我等到晚上十二点，她一直没有打来，所以我就死心去睡了。其实我也觉得很奇怪，平常遇上这种事，夕歌就算没有打电话，也一定会发短信……大概过了凌晨两点，夕歌突然发短信来，我惊讶地打电话给她，她就兴高采烈地告诉我‘现在跟男朋友在一起’——”

冷风吹起琴吹同学的刘海，她冻得缩起脖子。

“——因为我在睡梦中被吵醒，所以脑袋迷迷糊糊，记不太清楚……她好像滔滔不绝地说着‘圣诞树好漂亮’‘他现在抱着我，好暖和’之类的话，那时候的夕歌情绪亢奋得很不寻常，太奇怪了。”

劳尔就在我们学校。

水户同学的男朋友，应该知道自己的女朋友失踪了吧？

从琴吹同学的话中听来，水户同学在失踪之前一直跟男朋友在一起。

既然如此，知道水户同学身在何方的人应该不是天使，而是她的男朋友吧？

还有一点让我很在意，就是水户同学在失踪之后还继续跟琴吹同学互传短信这件事。

水户同学最后一次跟琴吹同学讲电话是在十天前，她也从那天开始旷课，但是在那之后，她们两人还是以短信保持联络。水户同学不让琴吹同学知道她失踪，是基于怎样的理由呢？

然后，水户同学断绝短信是在三天前——那她现在到底怎么了？

我绞尽脑汁地思考，耳朵也开始耳鸣了。我仰躺在床上，把书本打开平摊在胸口，轻叹一口气。

有太多事情想不通。

如果远子学姐在这里就好了——

如果是那个好管闲事又乐天又散漫，却对奇怪的小地方特别敏感，有着温柔目光的“文学少女”，一定有办法解读这个故事吧？

“要不要……打电话给她呢？”

我转头望向放在桌上的手机，突然觉得心中一紧。

“……我还没把手机号码和信箱地址告诉她呢。”

远子学姐没有手机。因为她是个无药可救的机械白痴，就算我给她信箱地址，她也一定不会用吧……

其实这都是借口，现在的我，真的很想听见她那温柔开朗的声音。

不，不行。远子学姐现在是考生，绝对不能把她拖下水。照她那种个性来看，只要把事情告诉她，她一定会一头栽进去的。

我苦闷地把视线从手机移开，紧紧抓住床单。

对了，等到春天远子学姐就要毕业了，到时就再也见不到她了……

这时手机突然响起，我吓得心跳差点停止。

难道是远子学姐？

我冲到桌边拿起手机，发现原来是芥川打来的。

“喂喂,井上?”

“芥川啊……怎么会突然打给我?”

“没什么,只是琴吹的事情好像很麻烦,我有点担心。你没遇上什么困难吧?”

芥川依然这么善解人意。

我紧张的心情好像稍微平缓了点,声音也自然地变得柔和,我能交到他这个朋友真是太好了。

“谢谢,我没什么问题。琴吹同学和森同学她们好像也和好了。”

“这样啊。如果有我帮得上忙的地方,一定要告诉我,不管是怎样的小事都没关系,千万别跟我客气。”

“嗯,谢谢你。”

次日,我走进教室一看见芥川就大吃一惊。

“你那个伤痕是怎么回事啊!”

他的右脸和脖子都有被抓伤的痕迹,尤其是脖子上的三条抓痕特别深,都肿胀发紫了,看起来很痛的样子。

“这是……被猫抓伤的。”

芥川露出苦笑,稍微转开目光。

“好像很严重耶,没事吧?”

“嗯嗯……没什么大不了的。”

他又隐约转移了视线。

“一定是只凶暴的猫吧。咦?可是你家养猫了吗?”

我去过他家几次,只看见庭院里的池子养了鲤鱼,从来没看到过猫啊……

“没有……是其他地方的猫。大概是我太粗鲁,所以把猫惹火了。”

他眼神不断飘移，口中含糊地说。

然后他突然转为认真的表情，直视着我问：

“别说那些事了，倒是你过得还好吧？”

“我们不是昨天才见面吗？晚上还讲过电话……啊，谢谢你打电话给我。”

“不用客气，那也没什么……你后来有没有接到奇怪的电话或短信，或是碰上其他异常情况吗？那个……最近好像有很多恶作剧电话。”

“我从来没有接到那种电话啊。”

芥川突然把脸贴近我。

“你有没有打算换手机号码或是信箱地址？”

“没有啊……怎么了吗？芥川？”

被我这么一问，芥川才回过神来站直身体，脸上浮现无奈的笑容。

“没什么，如果没有发生奇怪的事就好了。不用太在意。”

奇怪？他是怎么了？我虽然迷惑，但是琴吹同学的事情就够我苦恼了，所以我也不再继续追究。

放学后，我们在昨天那间泡沫红茶店见到了水户同学的校内朋友。

她们也对水户同学歌喉突然进步的事情感到讶异。

“她会被选为主角也很不可思议耶，因为图兰多是个骄傲又冷酷的公主，跟水户同学的形象完全不符嘛。”

“饰演男主角卡拉富（Calaf）的是首屈一指的新人职业歌手获

原先生，在第二幕的对手戏里，荻原先生的声音竟然被她压过，他还因此口出恶言，批评她破坏整体和谐呢。”

也就是说，从一开始排演的时候，水户同学的歌声就远胜于客串演出的职业歌手啰？

“虽然水户同学闭口不谈，但是一定有一位名师在教她唱歌。要不然她怎么可能一下子就唱得出那样的歌声呢？也有人说，水户同学会一直旷课，很可能就是在接受秘密特训呢。”

“嗯，这样说的话，我就可以理解她的角色没被撤换的理由了。我听说过，她的背后有一位大人物在帮她撑腰喔，水户同学会被选为主角，说不定也跟那个人有关。”

“你们知道那个大人物是谁吗？”

“不知道耶……”一位女孩歪头思考，然后突然想起一件事，“啊！对了！我曾经看过水户同学跟一位穿着黑色西装的男人坐在车上喔。那个人抱着她的肩膀，气氛怪怪的，而且他还称呼水户同学‘椿’耶……”

离开了泡沫红茶店，我和琴吹同学并肩走在挂满圣诞风格白色金色灯饰的街道上。

我们有一句没一句地谈话。

“‘椿’是不是水户同学的小名呢？琴吹同学听过吗？”

“没有，我不记得有人叫过夕歌‘椿’这个名字。更重要的是……我觉得夕歌可能真的在天使那里。从夕歌旷课之后发给我的短信来看，她好像一直在跟天使学唱歌……称呼夕歌‘椿’的人，说不定就是天使。”

琴吹同学的脸色非常严肃。她对天使抱持着强烈的敌意，想必是认为好朋友失踪一事跟天使绝对脱不了关系。

在《歌剧魅影》里把克里斯蒂娜抓到地下国度的人，就是用面具掩蔽丑陋脸孔，伪装成天使的魅影，所以我很能理解琴吹同学的心情……

可是，是否正如琴吹同学所说，水户同学现在真的待在魅影身边？

她失踪的前一晚是跟男朋友在一起，所以也无法断定。

水户同学到底去哪了？她为什么不回宿舍？

琴吹同学依然没再收到她的短信。

寒冷的空气刺痛了肌肤，天上乌云密布，不见月亮星辰。只有人造灯光照亮街道，四处传来跟我们情绪大相径庭的热闹圣诞歌曲。

琴吹同学眼神黯淡地说：

"我觉得自己就像劳尔一样。对克里斯蒂娜和魅影的关系感到嫉妒，焦急地想要救出被魅影抓走的克里斯蒂娜，但是又无能为力……"

"有这种心情的主角还不少吧。"

"《歌剧魅影》的主角不是魅影吗？"

"我现在只读到一半，但是我看到的都是以劳尔的观点进行叙述，所以我想主角应该是劳尔吧。"

"可是，小说后半也有以神秘波斯人的观点叙述的独白喔。"

"咦，真的吗？"

"劳尔只会傻傻地落入魅影的陷阱，根本一无是处嘛。"

"唔……"

琴吹同学撅起嘴巴，又懊恼又难过地说：

"劳尔果然很没用。"

“可是，我很支持劳尔喔。我在阅读的时候，一直期待着劳尔能救出克里斯蒂娜，最后来个圆满结局呢。”

我笑着对琴吹同学说。她猛然抬头看我，立刻又不好意思地把脸埋进围巾，嗫嗫地说：

“呃，喔，是这样啊。”

她害羞转头的模样实在太可爱了，我忍不住露出微笑。

琴吹同学依然是一脸困窘。

“那、那个……昨天我找过信件，发现了夕歌在暑假从她外婆家寄来的明信片，上面也有那里的地址。我打算寄信去问看看，说不定可以跟夕歌的家人取得联系。”

我笑着回答：

“嗯，这个主意很好。希望可以快点找到水户同学的下落。”

◇　◇　◇

天使总是独自唱歌。

在月光之下，站在沙沙摇曳的草地上，哀凄的歌声响彻天际。

天使虽然讨厌赞美诗，但是天使的声音却充满了哀悼与祈求之情，令人听得心痛难耐。天使一定是思念着已经辞世的某人而歌唱吧。为了抚慰那位不知名人物的灵魂。

天使说他曾经杀过人。像压烂草莓一样的鲜红血液，浸湿了蓝色椅垫，滴滴答答地落在地面。

在那之后，因为天使的缘故又死了好几个人。

天使的名字受到玷污，羽翼染上鲜血，无法继续待在白昼的世界。

好可怜。

天使实在太可怜了。

我经常在天使面前哭泣，但是天使从不流泪，他只会抱着我的肩膀，抚摸我的头发对我微笑。

我对天使说，想哭就哭吧，但是天使只说没什么事值得伤心，所以流不出眼泪，还说自己从出生以来一直没有哭过。

然后，不唱赞美诗的天使，为我唱了摇篮曲。

为了让我不再做噩梦，为了让我忘却所有悲伤痛苦，能够安详地入眠，为了让我明天站在阳光底下能够掩饰罪行，像个普通女孩那样笑着。

我之所以能跟男朋友交往，能跟七濑成为知己，都是因为有天使在为我歌唱。如果没有天使，我一定会因为自己的污秽和丑陋感到羞耻和恐惧，再也没有勇气站在他们两人面前。

天使宽恕了我，原谅了我，但是又有谁能拯救无法站在阳光底下，失去名字，只能躲在阴暗世界里的天使呢？

◇　◇　◇

我为了向球谷老师报告要暂时停止帮忙整理数据的事来到音

乐准备室，不料竟然撞见老师上演的亲热画面。

和老师嘴唇相接的娇小女学生“呀”地尖叫一声，跳了起来。

然后她可爱的声音喊着“我、我先告辞了”，就低着头冲出音乐准备室。

“……老师，刚才那是怎么回事……”

我因为看到令人惊愕的一幕而失神，球谷老师只是干笑两声，不慌不忙地说：

“哈哈哈……下次进来之前先敲门比较好喔，井上同学。”

“我敲了啊。老师要在学校做这种事的时候才该小心一点吧？”

“你说的对，我下次会注意的。因为那女孩太积极了，所以一不小心就……”

老师拿起手帕擦汗。

“啊，七濑今天要在图书馆值班吗？”

“其实……我们最近没办法继续帮老师的忙了。”

我把琴吹同学好友失踪的事简略地说明一遍。

“……是这样啊，好像很严重呢。”

球谷老师皱起眉头，语气充满了同情，但是他接着说了让我很意外的话。

“七濑的朋友，就是要在发表会里饰演图兰多公主的水户夕歌吧？我去白藤指导学弟学妹时也见过她几次，她的表现虽然粗糙，却有一种质朴的光芒，如果碰上好老师的话，一定可以发挥所长。我本来还很期待，她会表现出什么风味的图兰多呢，没想到水户同学竟然遭到这种事……真是太遗憾了。”

“老师知道有谁可能在私底下教导水户同学吗？听说水户同

学都称那个人为音乐天使。”

球谷老师的表情突然转为凝重，两手紧紧交握。他戴在左手上，看起来很沉重的手表闪烁着光芒。

“……音乐天使……”

“是的，老师知道吗？”

老师缓缓吐了一口气，松开手指，一脸抱歉地看着我说：

“不知道，我跟水户同学也没熟到那种程度。不过，我会去找业界的朋友问问看。”

“谢谢老师。”

我低头敬礼。

“对了，白藤的镜妆子老师要我代她向您问好。”

老师的表情顿时变得僵硬。

“喔喔，你遇见她了啊？她真是个大美人呢，我周遭的男学生也都很崇拜她。她的声音强而有力，很适合唱卡门之类的角色呢。”

“是啊，她真的很漂亮呢。妆子老师还说，球谷老师是大家的希望之星。”

“哈哈哈，她太过奖了啦，我才不是那么神气的人物。与其当歌手，还不如当个悠闲的老师比较适合我。”

他以开朗明亮的声音果断地加以否定。

那清爽的笑脸也感染了我的内心。

“等到事情解决之后，我们会再来帮忙的。”

“好的，希望那一天快点到来。”

事情说定之后，我离开了音乐准备室。

接下来，我还要到图书馆和琴吹同学会合。

我关上音乐准备室的门，在走廊上走到转角时，突然有一只手抓住我的肩膀。

“！”

手指透过制服布料抓在皮肤上的感觉，让我浑身竖起寒毛。

回头一看，一位跟我差不多高，戴着眼镜，有一头浅色头发的男生咬牙切齿地瞪着我。

他就是之前在图书馆说我差劲的那位少年！

我感觉眼前景色一黑，仿佛是碰上拿着刀子的杀人魔一样，顿时全身僵硬。

“喂，你刚才跟球谷说了什么？”

“你……是谁啊？”

“你别管这个，快回答我，你们到底说了什么？”

我对他自以为是的口吻大为光火，因此挥开他的手。

“我没必要回答陌生人这种问题。”

我转过身正要离开时，后面传来冷冷的声音：“悠哉的家伙。”

曾经在楼梯前听过的这句低语，还有当时感觉到的冰冷阴暗目光都重新回到我的脑中，我不禁全身冒起鸡皮疙瘩。我一转头，就看到他漆黑的眼睛愤恨地瞪着我看。

“你想要包庇球谷吗……毕竟都是伪善者，果真是意气相投。”

“你是指什么……”

“就是指你和球谷。你们同样待在洁净无瑕的世界里，奸诈地用笑容规避一切，小心翼翼不让自己受伤，却伤害了其他人。”

被一个连名字都不知道的人单方面批评，这种情况实在太诡异了，我的思绪无比混乱，呼吸变得困难。少年锐利的目光，像蛇一样在我的脸上爬行。

“你总是这样，对琴吹学姐的心情也一直装作浑然不觉，其实你只是碰上不想面对的事情就视而不见吧？像你这种人，才不会没有发觉，而是根本不想知道。只因为不想弄脏自己的名声，所以故作温柔害别人寄予期待，你就是这样的伪善者！”

我怎么会被他憎恨到这种地步——难道他喜欢琴吹同学？或许他误解了我跟琴吹同学的关系，所以才看我这么不顺眼？

虽然我的脑中浮现这些念头，他尖锐的话语还是狠狠地刺伤了我，让我的心纠成一团。

我是个伪善者？我不是没有发觉，而是根本不想知道？

我故作温柔，玩弄了琴吹同学的心情？

这些言语就像漆黑镰鼬（注3）身上的利刃一样扫来，割得我血肉飞溅。

我的后脑灼烫，喉中翻腾作呕，但是这种焦虑的心情却无法化为言语，因此我不知道该如何面对他的恶意——我该生气吗？该逃走吗？还是应该笑着离开呢？我无法判断。

在他尖锐目光凝视之下丝毫不能动弹的我，耳边响起了他阴沉的声音：

“不要再接近球谷了。”

等到他从我的视线里消失，我的身体才又开始运作，一下子就满身大汗。

刚才那是怎么回事？他到底是谁？

而且，为什么他要叫我别再接近球谷老师？

我想要回到音乐准备室，好好询问老师，但是我又害怕他还躲在附近，用那阴暗的目光窥视着我。

迷惘了片刻，我转身走向图书馆。

琴吹同学在柜台里忙碌地工作。

“抱歉，其他的图书委员今天请假，所以还要再等一下。”

“……那我先去阅览区坐着吧。”

“井上，你好像不太对劲耶？”

“没这回事。”

那位少年的眼神和声音依然残留在我的脑海，但我说不出口，我无法转述我在玩弄琴吹同学心情的那句话。

就在此时，我又听见了不久之前才听到的那个声音。

“琴吹学姐，剩下的就交给我吧，你可以休息了。”

那位戴着眼镜、气质阴郁的少年突然无声无息地出现在琴吹同学身旁，让我吓了一跳。

“可是，臣今天不用值班吧？”

“反正也没剩下多少工作，就让我帮忙吧，不是还有人在等学姐吗？”

琴吹同学偷偷往我这边望了一眼。

我吓得血色尽失，只能呆呆站在原地。

“这样啊……那么钥匙就交给你啰。谢谢你，臣。”

“好的，再见。”

那位少年面无表情地目送我们离开。

“刚才那个人是一年级的？叫什么名字？”

在走廊上，我尽力掩饰内心的不安问着。

“你说臣志朗啊？嗯，他是一年级的。”

“我从来没在图书馆看过他，他是图书委员吧？”

“他好像因为身体不好，所以第一学期一直请假。”

“……你们感情很好啊？”

“你在说什么啊，哪有这种事！臣是个沉默寡言的人，我们一起值班的时候也几乎没说过话哟！”

她红着脸拼命否认。看到她这种模样，我又想起了臣对我说的话，突然感到胸中苦闷。

——奸诈地用笑容规避一切，小心翼翼不让自己受伤，却伤害了其他人。

——像你这种人，才不会没有发觉，而是根本不想知道。

我去医院探望琴吹同学时，她在我面前流露的悲伤表情，还有排演话剧时她脸上的泪水……

——井上……一点都不记得了……我、我啊……在初中的时候……

——因为井上讨厌我……所以不会认真跟我说话……

——对我来说那是很特别的。所以在那之后，我也去找过井上。一次又一次，整个冬天里每一天都……

那些话语、那些眼泪、那脆弱的眼神表现的是什么心情——

琴吹同学是这样努力地将心情传达给我——或许我真的只是拒绝去思考。

对我来说，全世界的女孩就只有美羽一个，像那样全心全意投入的恋情，我这辈子绝对不会有第二次了。

那种强烈的爱慕，只能献给美羽。

然而，现在我用这种态度对待琴吹同学，不是太残酷了吗？

我会想要帮助朋友失踪而伤心的琴吹同学，只是因为不想让自己被讨厌，只是自我满足的伪善吗？如果碰上了最坏的结局，我有为琴吹同学分担痛苦的觉悟吗？

我满脑子想着这些事，因此胸口苦闷难当，几乎喘不过气。

即使我察觉到琴吹同学不时在窥视我脸色铁青、咬紧牙关的模样，也无计可施。光是说出“今天也好冷啊”这种天气的话题，已经让我用尽力气了，我实在无力顾及其他事。

走到水户同学家的这段时间，我们两人几乎不曾开口。

房子的门牌已经剥落，也没有开灯，完全变成了一间废屋。

琴吹同学的心情大概就像溺水之人连稻草都想抓住一样，想着“到这里来或许会发现什么蛛丝马迹”吧。但是出现在我们眼前的这般寒碜光景，让这点微小的希望都落空了。从信箱开口满出的邮件受到风吹雨打，已经变得破破烂烂，面对庭院的窗子也全破了。在平凡的住宅区里，只有这栋房子像是墓地一样。

琴吹同学拖着沉重脚步走进大门，按了玄关上的门铃。

没有回应。

接着她举起拳头敲门。

一而再、再而三地敲，她紧咬牙关，眼眶已经盈满泪水。

即使如此，门的另一侧依然听不见人声。

“别这样，琴吹同学，手会痛的。”

我看得很心痛，忍不住从后面抓住她的手。

在我这样做的瞬间，“伪善者”这个词汇又开始盘旋在我脑海中，让我几乎站不稳。

琴吹同学背对着我，低头开始啜泣。

在回家的途中，琴吹同学依旧保持沉默。

她在一栋三层楼的建筑物前停下脚步，小声说“就是这里”。一楼挂着洗衣店的招牌。

“琴吹同学的家里是洗衣店啊？”

她点点头，声音微弱地说“这是奶奶开的”。她已经不哭了，但是眼睛依然泛红，也还在吸着鼻涕。

“你这么晚才回家不会有事吧？”

“没关系。那个……今、今天真是谢谢你。”

琴吹同学小声说完，就走上通往二楼的楼梯。

她站在门前，以脆弱的表情望着我。

“……”

她好像有话想说，却又不发一语，垂下眉梢，然后消失在门的另一边。

琴吹同学和我四目相对的瞬间，露出了愧疚的表情。

那种情绪又在我的体内卷起黑色漩涡，让我呼吸困难。

——**伪善者**。

——**故作温柔，害别人寄予期待**。

当我正要踏上寒冷的夜路回家时，我发现马路对面有一条人影，好像注视着琴吹同学进入的那扇门。

遮蔽天空的云层飘过，月光瞬间照亮了那人的脸。

臣同学……？

还来不及上前确认，那人就转身跑走了。

我立即随后追去。那个人应该是臣同学吧？为什么他会在这里？难道是一路跟踪我们来的？

一想到这点，我背上的寒毛全竖了起来，一股寒气从脚底直往上蹿。

人影渐行渐远。

我也被迫跟着加快速度，呼吸越来越不顺畅，吐气量也逐渐增加。浓浊的白烟抚在我冰冷的脸颊上。

回过神来的时候，我惊觉自己呆立在路灯照不到的暗巷之中。

人影融入黑暗夜色，我已经找不到那位像是臣同学的人了。

怎么会呢！他应该是在这里转弯啊！到底跑哪儿去了！

感到混乱的我，突然听见细微的歌声。

那是仿佛嘤嘤哭泣般的低沉声音。

饱含恨意、悲哀，像亡灵般的声音。

什么！这声音是从哪儿传来的？前方？不，是后方吧？不，应该是那边？不对，是另一边。也不对，不是那里！

声音似乎从四面八方陆续传来，我的背脊冒起一股寒意，在原地伫立不动。

《歌剧魅影》里面不是也有这种场景吗？

为了救出克里斯蒂娜，劳尔走进歌剧院地下的黑暗帝国，却受到魅影制造出的幻象戏弄，几乎陷入疯狂。

这不是人类的声音。

这是天使的声音！是怪物的声音！是那个跨越天上和人间，戴着面具的男人——魅影的送葬曲！

那种摄人魂魄缭绕不绝的魔性歌声，让我完全失去镇定，喉咙发热，呼吸困难，指尖开始麻痹。

糟糕，要发作了！

我在美羽从顶楼坠落之后频繁发作的疾病，就像再度被魅影的歌声唤醒，我全身冒汗，头昏脑涨，喉咙发出笛子般的咻咻声。

我两腿一软，跪倒在冰冷的暗巷。

歌声已经变成嗤笑，那个声音听起来像是男性，又像女性，时而像是少年，时而像是少女。

我的眼皮之下浮现了身穿初中制服，绑着马尾的美羽，她对我露出空虚的微笑，仰天往后坠落。

这一幕就像万花筒一样化为无数影像，不断上演。

——你才不会没有发觉。

——而是根本不想知道。

充满憎恨的声音谴责着我。

你只是假装不知道罢了。你伤害了她，逼她走上绝路。你是个残害人命的伪善者。

不是！不是！不是！

我全身抖得喀嗒作响，呼吸变得越来越急促。

美羽往下坠落。

往下坠落……

我好像在瞬间失去了意识。

当手机来电铃声把我叫醒时，我发觉自己趴在飘着腐败厨余

臭味的暗巷里。

外套口袋传出了我喜欢的轻柔西洋音乐。

我撑起僵硬的身体,用冻得失去知觉的手掏出手机来看。

是流人……

"啊,心叶,你现在开着计算机吗?"

流人好像很着急,劈头就这么问。

"抱歉,我现在在外面。大概还要一个小时才能到家。"

我扶着小巷墙壁奋力站起,一边回答。

皮肤和心里的感觉能力都逐渐恢复了。刚才的歌声会不会只是一场噩梦呢?我的脑袋尚未完全清醒,好像还分不太清楚幻想和现实。

"是吗?那我先传数据过去,等你到家请立刻打开来看。"

"发生什么事了?"

"其实我自己也对水户夕歌的事稍微调查了一下。虽然是鸡婆了点,但是你的问题如果在圣诞夜前不能解决,我会很烦恼的。"

接下来流人所说的话,就像是瞬间吹散了我脑中所有迷雾的震撼弹。

"夕歌从今年夏天开始,用'椿'这个名字登录了某个会员制的网站,好像是在那里找寻客人进行援交。"

我打开自己的房门,衣服还来不及换就先开启计算机,打开流人寄给我的档案,里面陆续跳出风格怪异的网站首页、会员规章,以及大量的女孩个人数据。

不是正式登入的访客一被发现就会被挡在站外,所以无法看完整个网站的数据,不过流人也说过:

“这份清单的第十六号就是夕歌。”

不安的情绪在我心底缓缓爬升，我屏着呼吸把画面往下卷。

No. 16 【姓名】 椿

这行文字跃入眼帘的瞬间，我感到喉咙梗塞，头晕目眩。

水户同学的校内朋友说过的话，此时伴随着椎心刺痛重现我的耳中。

——我曾经看过水户同学跟一位穿着黑色西装的男人坐在车上喔。那个人抱着她的肩膀，气氛怪怪的，而且他还称呼水户同学“椿”耶……

怎么可能……这一定只是巧合！

不管我如何否定，仍然无法消除不安，心脏鼓噪得让我胸口直发疼。

我目不转睛地继续读这篇个人资料，职业栏里写的是“S音大附中的女学生”，而意见栏还写了“我想要成为歌剧歌手，强力募集愿意拥抱我的温柔大哥哥”。

我抓着鼠标的手已经满是汗水。这果然是水户同学吧？

这怎么看都是不合法的联谊网站，水户同学真的在这种地方找寻援助交际的客人吗？她真的跟各种男性见面，借此获得收入吗？

我几近饥渴地继续读着资料。

兴趣：古典乐、购物

喜欢的食物：草莓

喜欢的约会地点：游乐园

喜欢的作家：井上美羽

井上美羽！

我感觉像是后脑挨了一记闷棍。

这个突如其来的名字，令我原本已经紧张到极点的心，仿佛又受到了数倍威力的冲击。

我全身发烫有如烈火焚身，思考也完全停止了。

喜欢的作家：井上美羽

姓名：椿

一定是还没结束。说不定我根本还没醒来，仍然倒在那个暗巷里。这到底是多么可怕的噩梦啊？

◇ ◇ ◇

骗人！怎么会有这种事！

爸爸！妈妈！聪史！为什么？为什么做出这种事？

这是骗我的吧？你们不是在电话里跟我说，正月里要来找我，大家一起幸福地生活吗？还说爸爸妈妈都会努力工作，叫我不要太勉强自己，打工也要适可而止，要好好保护喉咙，小心别感冒了，还送了我喜欢的柿干过来。你们说很想早点跟我见面，希望一家

人能再一起生活。还说没问题,总有一天一定可以的。爸爸妈妈都笑着这么说不是吗!聪史也说已经在新学校里交到朋友了,还鼓励姐姐也要好好努力。

但是,这是为什么!聪史还只是个初中生啊!

为了再跟大家一起生活,我才会这么努力工作。

第一次跟客人见面时,对方说只要吃吃饭、聊聊天就好,但是后来却把我带到宾馆做了那样的事,我觉得好羞耻,好害怕,好痛苦,好讨厌!

我感到自己变得肮脏不堪,无法正视任何人的眼睛,即使想要一直像这样隐藏秘密,即使知道非得胆怯地活下去不可,我还是经常冒出寻死的念头。

我去厕所吐了好几次,还用毛巾和肥皂用力搓洗身体,洗到几乎破皮,但还是消除不了做过那些事的记忆。

虽然如此,我还是赚到钱了。只要有钱,爸爸就不会再被讨债公司的人殴打,也不用再跟他们低头,聪史的学费也付得起了。

我能做到的只有这种事。如果可以让大家像以前一样幸福而平凡地过活,就算我变得不再普通也无所谓。

后来我碰上不少坏客人,真的过得好凄惨,像是每天在身体抹上味道恶心的黑泥,一点一点逐渐累积,几乎快要把我整个人埋住了,而我只能每天过得提心吊胆,担心总有一天会事情败露。

电视播出从事援交的警察被逮捕的新闻时,七濑说:"身为交易对象的女孩也太夸张了,她只有十六岁耶。如果是我,绝对不会跟不喜欢的人做那种事。"我听得几乎停止呼吸。

被男朋友拥抱时,我觉得好痛苦又好抱歉,因此忍不住把他推开,还露出悲伤的表情。

但是，只要想到一切都是为了家人，我就可以忍耐下去。

这是因为我的身边有着天使，都是因为见到了天使。

所以不管再怎么痛苦，我都忍得下去。

我也无法唱赞美诗了！

我无法再相信神了！

就算我祈祷至少让心灵保持纯洁，还是无能为力。神不会对着污秽的我微笑，只会把我流放到黑暗的世界。

我迟早会失去他，失去七濑。

天使也体验过这种绝望吗？

非得继续歌唱不可。我剩下的也只有歌唱了。就算他和七濑都离我而去，只要还能歌唱，我就能活下去。

不能哭！唱歌吧！继续唱下去吧！

不是为了赞美神，而是为了向神挑战而唱。

第三章

天使在黑暗中窥视

隔天早晨，琴吹同学在教室看见我，就一脸倦怠地向我打招呼。

“早安。”

她的眼睛依然红肿，态度也很不自然。不过，我想自己大概也跟琴吹同学同样僵硬吧。

“早安……琴吹同学。”

水户夕歌在做援助交际。

这种事情真的可以告诉琴吹同学吗？

我的喉头涌起一股苦味，努力思索接下来该说什么，此时琴吹同学犹豫地递给我一沓复印纸。

“……这些是夕歌寄来的信件的复印本。你昨天说过要看。”

“啊，谢谢。”

“只有最近的一部分，而且……也删除了一些比较私人的内容……”

她吞吞吐吐地说。

“是我自己想拿给你看的，你不看也无所谓。”

“不，我会看的。”

我接过复印纸时稍微碰到琴吹同学的手指，她似乎吓了一跳。

她这副模样，又让我感到内疚。

我真的可以跟琴吹同学这么亲近吗？我明明还没想出答案不是吗？

突然冒出的事态毫不留情地压迫着我，捏紧了我的喉咙。

我拼命调整紊乱的呼吸，一边问她：“那个，你有问过水户同学打工是在做什么工作吗？”

“是家庭餐厅，夕歌做的是大夜班，所以她经常跟我抱怨来了讨厌的客人。”

“……这样啊。你知道那间店在哪儿吗？”

“不知道。夕歌说她会害羞，叫我不准去。早知道有这一天，我当时就该跟她问清楚了。”

琴吹同学咬起嘴唇。

“那么……”

喉咙好像有痰梗塞，让我几乎说不出话。我现在依然保持冷静的态度吗？我的表情不会太僵硬吧？

“水户同学平常会看哪些书呢？”

“咦？”

琴吹同学疑惑地抬起头来。

“我问这个也没什么特别的理由啦，只是想知道，她除了《歌剧魅影》之外还喜欢看什么书……”

琴吹同学一定觉得这种问题很莫名其妙吧？她的眼中浮现出迷惘。

"她好像……满常看外国的儿童文学之类的……像是《大草原之家》(Little House on the Prairie)和《小妇人》(Little Women)……啊,她也喜欢《又丑又高的莎拉》(Sarah, Plain and Tall)。"

井上美羽呢?

这句话还没说出口,又被我吞了回去。

我昨晚在计算机上看见的"椿"这个名字,还有"喜欢的作家井上美羽"这行文字,像是诅咒一般紧紧盘踞在我的脑中。

井上美羽的读者多半是十几二十几岁的年轻人,不只是小说创下巨额销售纪录,翻拍成电影和连续剧也大受好评。就算水户同学看过井上美羽的书也不奇怪,一定只是巧合吧。

即使如此,我还是无法对这个夺走我一切的不祥名字无动于衷。

我努力假装平静地说:

"这些书跟《歌剧魅影》的风格差很多呢。对了,因为没什么时间,所以我到现在还没看完。现在大概读到劳尔为了救出克里斯蒂娜而潜入歌剧院地底的部分。"

"……是吗。"

琴吹同学无精打采地响应,然后迷惘地垂下视线,咬着嘴唇,片刻之后才含糊地说:

"我在想……说不定根本没有劳尔,男朋友的事情可能只是夕歌的幻想。"

我惊讶地反问:

"为什么这么想?"

琴吹同学不安地抓着自己的膝盖,然后低声回答:

"因为太不自然了……她不但不告诉我男朋友的名字,而且她经常会兴高采烈地说着男朋友的事,但又突然变成厌恶的语气,有时还会变得很难过。尤其是最近……她好像完全不想提男朋友的事。还有，大概在两个月前，我跟夕歌讲电话的时候，突然有人插播……”

“是她的男朋友打来的？”

“嗯。”

琴吹同学沉下了脸。

“结果夕歌跟我说‘是男朋友打来的，不好意思，等一下再发短信给你’，然后就挂断了，她以前从来不会这样。夕歌说，因为她在家庭餐厅上大夜班，她的男朋友不太高兴，说这样很危险，所以经常打电话来关心。但是我总觉得这根本就是骚扰了嘛……”

阴暗的物体缓缓滑过我的心中。

说不定，水户同学的男朋友已经发觉她的秘密了。

或许他就是想要确认水户同学到底在做些什么，才会不断打电话给她……

也有可能像琴吹同学所说的，男朋友只是水户同学的想象，那通插播是“客人”打来找她的……

“……可是，水户同学最后一次跟你讲电话时，说过‘正在跟男朋友一起看圣诞树’吧？”

琴吹同学的眼中笼上一层阴影，口气严峻地说：“是这样没错……但是我总觉得她太亢奋了，简直就像舞台上的表演。”

静默的深夜里，在电话另一端的水户同学是独自跟琴吹同学说话？

她说，她现在跟他在一起……

我光是想象那景象，脖子上就像有刷子滑过一般竖起寒毛。

“夕歌或许真的有男朋友，只是因为相处得不好所以分手了……或许是因为她说不出口，所以只好假装他们还在交往……我回想起我跟夕歌至今的互动，就忍不住这么觉得……”

琴吹同学难过地说，一切都只是她自己的想象。

是的，全都只是想象。

水户同学真的有男朋友吗？还是没有呢？天使的事、秘密课程的事又是真的吗？

她以“椿”这个名字去做援助交际一事，也还不能确定。

明知这种想法只是在逃避，我还是尽量说服自己，决定这件事还是暂时对琴吹同学保密。

——你只是根本不想知道。

我拼死反驳着在脑中响起的这句话。

才不是！我只是不想伤害琴吹同学而已！再说，真有不顾一切都得公开“真相”的必要吗？说不定公开事情才会导致糟糕的结果，如果可以不伤害任何人就解决问题不是更好吗？

上课铃声响起，我们回到各自的座位。

芥川紧锁着眉头，担心地望着我。

◇　◇　◇

“我听到语音信箱的留言了，七濑。

“对不起喔，那天我打工结束之后还要上课。可以改成下个星期六吗？”

“哇！七濑，我一不小心就胖了两公斤啦！虽然天使也说，为了提升音量最好可以吃胖一点，不过我还是受到打击了！从今天开始，我午餐只吃苹果和大豆饼干！”

“今天我在大家面前唱了‘魔笛’夜之女王的咏叹调喔。

“声音能拉高到那种程度，连我自己都吓了一跳呢，老师们也很惊讶。班上的同学问我，到底在跟哪个职业歌手学习，我回答‘音乐天使’，大家都呆掉了。

“可是我说的都是事实嘛。”

“我在打工的时候，被客人说了难听的话。那种客人烂透了！

“但是为了赚学费，我一定要忍耐。啊啊！为什么学音乐要花这么多钱呢？一想到还要负担门票的销售基本额（注 4）我就头痛。”

“告诉你喔，七濑！我在这次的发表会被选为主角了！我好高兴！七濑一定要来看喔！”

“为了发表会的排演，我几乎没时间约会了，所以男朋友有点不高兴。不过他是个很温柔的人，还叫我要好好加油。真希望能早一点把他介绍给七濑呢！如果七濑也快一点……”

“遵命！我会为了最好的朋友七濑把圣诞节空出来的。

“圣诞夜当然要跟男朋友一起度过。

“嘿嘿，七濑要不要鼓起勇气开始行动呢？

“没问题的！七濑这么可爱，一定……”

“我已经把手机铃声换成圣诞歌曲了。

“是《Santa Claus is coming to town》。

“会不会太心急啊？”

“男朋友的名字啊，在七濑获得恋情之前都要保密。

“不过我们的甜蜜事迹都可以告诉你喔。

“我们在去年的圣诞夜交换戒指了。

“虽然我们约定要一直戴着戒指，但是他在学校戴戒指会被嘲笑，所以把戒指从手上脱掉了。

“在约会之前，他会急忙拿出戒指戴在手指上。我远远地看见了，就觉得好开心。

“后来有些让我很难过的事，所以我握紧他的手忍耐着，在我碰到他的手又轻轻放开的时候啊……我突然有一种好温馨、好崇高的心情，觉得自己真的好喜欢好喜欢他。

“我跟他的戒指相触时的声音，叮……这个轻微的声响，听在我的耳中比任何音乐都美丽动听。

“怎样啊，七濑，你一定很羡慕吧！

“七濑也快点去交男朋友吧，有男朋友真的很棒喔！

“等到七濑也有男朋友了，我们就来个双对约会吧。”

“嘿，七濑，我现在过得好幸福喔，我一唱起歌就开心得不得了。只要有天使在我身边，我一定会唱得越来越好，也会越来越喜欢唱歌喔。”

“七濑好像不喜欢天使呢。

“只要我一说天使的事，七濑的声音就会变得不太高兴。

“我知道七濑是因为担心我，才会说些‘听得好烦’、‘你会不会是被骗了’之类的话，可是我听到这些话都觉得好难过。

“因为天使对我而言是很重要的恩人。”

“突然来了一件工作。

“不好意思，我晚点再打电话给你。

“你就别太烦恼了，也可以跟森同学她们……

“我要走了，七濑。”

第四堂的汉文课改成自习了，所以我迅速收拾好复印的讲义，就开始读起水户同学的短信。

读完最后一行，我还是不明白水户同学失踪的理由，里面也没有提到多少男朋友和天使的事。

单从短信来看，只看得出她是个普通的开朗女孩……

铃声响起，午休时间到了。

“芥川，我要去福利社买面包，你先吃吧。”

“真稀奇，你不是一向自己带便当吗？”

“因为我妈忘记按电饭锅的煮饭按钮了。”

我跟芥川简单说了几句话，正要走出教室时——

口袋里的手机突然响了。

我收到一通短信，没有显示寄件者的号码。

我打开短信一看，惊讶地倒吸一口气。

“那家伙是 Lucifer。”

这是什么意思？

是恶作剧短信吗？

我把手机连上网络，查询这个单字，不禁感到愕然。

路西法（Lucifer），背叛神而堕入地狱的天使——也就是地狱之王。

我突然觉得喘不过气。

音乐天使与堕天使路西法——这只是巧合吗？还是有人基于某种意图，才特地发这种短信给我？

到底是谁？

“那家伙”又是指谁？谁是路西法？

我的脑海浮现出那位戴着眼镜，眼神冷漠的少年。难道是他在整我？虽然我不知道他是如何拿到我的信箱地址，但我一时之间也只能想到这个人。而且，包括昨天的事情在内，他的身上有太多难解的谜题了。

怎么办？我该去问臣同学吗？可是，如果他又对我说些冷言冷语，又用充满敌意的眼光瞪我的话，该如何是好？

我怀着困惑走向图书馆。

看到在柜台里值班的是其他学生，我松了一口气，正打算回教室时，却看到臣同学坐在阅览区看书。

心脏开始猛烈地鼓动。

怎么办？该怎么办？我担心到开始胃痛，同时屏息向他走近。

我看了一眼他拿在手上的书，顿时背脊发凉。

就好像头顶被人浇了一盆冷水一样，我全身上下瞬间冻结了。

那本硬皮精装书，就是井上美羽的书——

为什么他看的偏偏是井上美羽的书！

椿的个人资料清晰浮现在我的眼皮下。难道说，臣同学知道水户同学什么事吗？不，一定是我想太多了。

我僵硬地吞着口水，说道："那是井上美羽的书吧？"

臣同学转过头来。他一看见我，就一脸厌恶地眯起了藏在眼镜后的眼睛。

他的外表乍看之下只是个普通的少年，但他的目光却拥有特别的魄力，我的胃开始绞痛，掌心也逐渐冒汗。冷静点！就体格来说我也跟他差不多，而且他的年纪还比我小，只是个普通的男生罢了！

"你喜欢那本书吗？"

臣同学冷冷地回答："不，讨厌死了。我讨厌这本书，也讨厌井上美羽。"

他的话语狠狠刺痛我的心，让我完全无法招架。

那满怀憎恨的无情眼神锁紧我，令我动弹不得，他继续愤恨地说："这种像是小学生作文一样的低能文章，只是把一些让人反胃的美好词汇串起来的烂作品。主角又天真又伪善，跟某人一模一样，我看了就觉得恶心。"

他的眼睛像野狗一样发出光芒，口中说的尽是羞辱之语。

这些话跟我以前在女同学们面前说过的批评是一样的。

——这种书到底哪里好看了？文笔又烂，组织又杂乱，就跟脑袋不好的初中生写的诗一样可笑。

——大家只是难得看到十四岁的女生得奖，所以才会这么大惊小怪吧？

——我讨厌死这个井上美羽了。

没错，我的想法跟他一样。

这本书写得有够差劲，完全没有任何价值。我会受到大家的抬举，一定是有什么地方搞错了。

在这世上，我最讨厌的就是井上美羽！

“她的脸皮还真厚，竟然能写出这种每个角落都干净得几近透明、充满善意的世界，这本书的内容根本是彻头彻尾的谎话。像这样只会从表面判断人心和所有事物，相信自己站在阳光之下，堂堂正正地走在路中央的家伙，只会用自己的天真无知去伤害别人。你和球谷，还有井上美羽都是同一个德行。”

没有人当着我的面说过“井上美羽”的坏话，我从来没想过，这种事情会让我这么痛苦，这么难受，这么大受打击——

我双腿发软，几乎无法站立，慌忙说了句“打扰你真是对不起”，就逃跑似的离开图书馆。

就算我再可悲、再凄惨，我也无法继续忍受他用那种充满恶意的目光瞪我，或是用那黑暗的言语利刃伤害我。

井上美羽的书里尽是谎话，这件事我比任何人都清楚。

现实才没有那么温柔、那么美丽，无论愿望或约定，都只是短暂的黄粱一梦。

和平的日常生活会轻易地崩毁,手牵着手彼此微笑的两人也迟早有分离的一天,回忆只是引发迷惘与困惑的毒药。

我全身发烫,体内剧痛难耐,完全不知该如何是好。

我讨厌井上美羽!这本书和井上美羽都一样卑鄙,一样满口谎言!

这种事我当然知道!我清楚得很!

我在无人的走廊上,扶着墙壁,重复着急促的呼吸。全身迸出冷汗,就像得了重感冒,有一股寒气从体内往上蹿。

在我快要倒下时,有人拍了我的肩膀。

"你怎么啦?井上同学?"

我回头一看,发现球谷老师站在我身后扶着我。

"……老师……"

"你的脸色很差耶,要不要去保健室?"

老师皱着眉头担心询问,我只是无力地摇摇头。

"没事的,很快就会恢复了……"

老师的眉头越皱越紧。

"你看起来就不像没事的样子嘛。如果不想去保健室,那就去音乐准备室吧。这是老师的命令,请跟我来。"

"请用。"

"谢谢老师。"

肉桂的香味随着白烟一同飘起。

老师笑容满面地端来温热的印度奶茶,我用双手接过,一边吹凉一边小口啜饮。

音乐准备室被窗外射进的阳光照得一片明亮，显得安静又温暖。

我的呼吸已经恢复正常，也不继续冒汗了。但是，还有些微刺痛的感觉残留在心中。

球谷老师也喝着印度奶茶，温和地问我："发生什么事了？"

"……"

"如果不想讲也没关系。"

"……老师有过讨厌自己的感觉吗？"

"……你跟七濑吵架了吗？"

我握紧纸杯，低头不语。

球谷老师沉静地回答："我的确讨厌过自己。"

我抬起头来，看见老师一脸悲伤地望着窗外。

"……我的父母都是音乐家，所以从我出生开始，他们就一直期待我也会成为音乐家，对此不曾有过怀疑。但是我觉得，周围的声音和我自己的音乐越来越无法契合……因为没办法协调，所以我开始讨厌起周遭的一切，希望自己的存在和名字全部消失。那段时间，我每天都这么想。"

我凝视老师的侧脸，倾听着他寂寥的声音。

老师用手按着戴在另一只手腕上的沉重手表。他流露出温和——但又隐含一丝悲伤的笑容，轻声说着："所以我才会成为教师，来到这里。因为我希望自己不用再讨厌自己……"

虽然老师被称为天才，受到特别待遇，但他也有自己的烦恼……就像我每次在电视或书评上看到有人褒奖井上美羽也会觉得畏惧一样。

"对了，你们找到水户同学了吗？"

老师抬起头来问着。

“还没……我们的线索只有音乐天使而已。”

“是吗……”

老师的脸色变得凝重，以担忧的声音喃喃说道：“我想，或许不要再寻找水户同学比较好。”

我非常惊讶。

“为什么呢？”

“因为……水户同学如果是基于自己的意愿失踪，一定不希望别人去找她吧。”

妆子小姐说过，学生时代的球谷老师曾经突然消失在大家眼前。

老师或许想起了当时的回忆吧？他低声地说：“……真相不一定能让人得到救赎，有时候，还是不知道真相比较幸福。

“尤其是想要成为艺术家的人……大家都一样胆小，一样缺乏自信，内心不断产生动摇。即使被人称赞拥有才能，还是会遭受挫折，迷惘痛苦得不知该怎么办……即使如此还是无法放弃，内心病得越来越重，像这种人我也看过不少了。其实根本不需要把自己逼到那种地步……才能是一种很难界定的东西，永远不会有明确的测量方法……才能这种幻想，有时会变成凶器，让人受到伤害。对听众来说，美丽的音乐都是平等的，但是对创作音乐的人来说却不是如此，就算有才能，也不一定可以永远持续下去。

“就算是被称为天使，集众人赞誉于一身的名歌手，如今也被大众遗忘了……已经不再唱歌了。”

球谷老师说到“天使”的时候，眼中流露出强烈的痛苦。

“天使为什么不再唱歌呢？”

老师悲伤地说:“因为……有人死了。有一位高龄的音乐家,在听天使唱赞美诗的时候割腕了。”

这句夹带剧烈冲击的发言让我为之屏息。老师更难过地说:“天使给人带来不幸,带来毁灭……天使的歌声害死了很多人,充满了罪恶。所以天使再也不唱歌了,不能再唱了。”

握着自己的手腕的老师,仿佛深深地自我谴责。

老师说的天使,跟水户同学有没有关系呢……?

还是跟老师有关呢……不,说不定老师根本就是在说自己——

——阿球可是我们的希望之星呢。

——大家都说他一定可以成为代表日本的歌剧歌手喔。

老师显得一脸疲惫。他仿佛为了切断思绪而深吸一口气,拿起放在桌上的纸杯。

然后他望着我,轻轻地、淡淡地微笑了。

“告诉你喔,井上同学,想要当一个成功的艺术家只是一场梦。与其那样,我宁愿选择这杯茶。”

◇　◇　◇

井上美羽是个怎样的女孩呢……?

我一边翻书,一边想象了起来。

虽然杂志都说她是个有钱人家的大小姐，但是我认为，美羽应该只是个普通的女孩。拥有家人、朋友、喜欢的人，是这么一个幸福而平凡的女孩。

她一定是个温柔、单纯，总是面带笑容的可爱女孩……

美羽的书里没有插画，而是刊载了很多漂亮的照片，我很喜欢这点。

蓝天、草地、雨、池塘、体育馆、饮水机、单杠……都是一些看似普通，却又让人怀念不已的景象。

看着这些东西，就会让人想起喜欢某人的心情、怀抱信念的心情，还有重要的约定。

读着读着，心中就充满了美丽又纯净的感情。

真希望七濑也能看看美羽的书。

虽然我觉得她一定会喜欢，但是当我对她说"井上美羽跟我们同年纪耶，她会是个怎样的女孩呢"的时候，她却不高兴地回答"既然不敢放照片，一定是个丑女吧"。

七濑虽然嘴巴很毒，但是心地不坏，她平常应该不会说这种话啊？

我把七濑的照片贴在大厅。她鼓着脸颊的模样真是可爱。

墙上贴满了天使的照片、七濑的照片、我的照片，然后还有蓝色蔷薇。

污秽的我一边看着这些照片，一边祈祷。

希望七濑能活得平稳、活得幸福。

希望她能活在我无法进入的温暖阳光中，在家人和朋友的包围之下，由衷地露出笑容。

至少，希望七濑的恋情能够实现。

如果七濑也能谈一场像是井上美羽小说里的树和鸟那样的恋爱就好了。

◇　◇　◇

球谷老师有事瞒着我们。

我怀着这个朦胧的念头回到教室时，是在上课钟响之前。

“不好意思，我突然觉得有点不舒服，所以跑到球谷老师那里休息了。”

芥川皱起眉头。

“你还好吧？”

“嗯，已经恢复了。”

“那就好。坦白说……”

芥川口气犹豫，表情迷惘，他正要继续说话的时候……

“七濑！”

我被森同学的声音吓了一跳，一转头就看到琴吹同学脸色铁青、全身颤抖地把手撑在桌上。

“你不舒服吗？七濑？”

我也急忙跑过去。

脚尖突然踢到某样东西，我低头一看，地上有一只很眼熟的手机。

咦？这不是琴吹同学的手机吗？

我弯腰捡起手机，正要关上开启的盖子时，琴吹同学激动地从我手上一把抢走手机。

“!”

她吊起眉梢,呼吸又急又重,眼中带泪,颤抖地瞪着我。我正感到诧异,老师就走进了教室。

“对不起,琴吹同学的身体好像不太舒服,我先带她去保健室。”

森同学搀扶着琴吹同学走出去。琴吹同学把手机紧紧握在胸前,好像害怕着什么似的,表情僵硬地低着头。

琴吹同学到底是怎么了?刚才我在匆忙之中看到手机画面有短信通知,这让我十分在意。

难道琴吹同学也收到了奇怪的短信吗?

午休时间,我往森同学的位置走去,询问琴吹同学的情况。

森同学困惑地回答:“那个……我也不太清楚那是怎么回事,但是七濑的样子很混乱,她还说了‘魅影’什么的。”

我有一种被冰冷黑暗从头蒙住的错觉,不觉之间手心已经满是汗水。

“琴吹同学……她说了魅影吗?”

“或许是我听错了……可是,在七濑回来之前,你最好还是别去找她。”

我开始呼吸不顺,心中担忧地揪紧。

她收到的短信,会不会跟我收到的短信有关呢?那封短信的内容,难道惊悚得让琴吹同学拿不稳手机吗?

琴吹同学回来时,已经是扫除时间结束之后。

森同学她们跑过去对她说“我们好担心喔”，我则是在远方专注地观察。琴吹同学勉强挤出笑容，跟她们说话。等到琴吹同学提着书包走出教室后，我才跑到走廊叫住她。

“琴吹同学。”

她纤细的背影猛然一颤，但是她并没有停下脚步，反而像是逃走一样快步跑掉。

“等一下，琴吹同学！”

我一把抓住她的手，她哭丧着脸转过头来。

“放开我……”

“到底怎么了？魅影是怎么回事？”

“！”

她睁大的眼睛里明显出现惧色。泛青的脸上依次浮现复杂的表情，害怕、迷惘、痛苦、哀求、悲伤。

怎么回事？她为什么这么害怕？为什么这么悲伤……？

琴吹同学皱紧眉毛，声音颤抖地对迷惘的我说：

“什么都没有……你快点放开我。以后我会自己找夕歌，你不用再插手了……”

“可是……”

看到琴吹同学眼中积满晶莹的泪水，我更慌张了。

琴吹同学声音颤抖，拼命忍住眼泪说着：“因、因为……昨天去夕歌家的时候，井上看起来……非常难过……我不想看到那样的井上。我再也无法忍耐了。我又不是井上的女朋友，却这么麻烦井上……真是对不起。谢、谢谢你一直帮我的忙，但是，拜托你以后不要再插手了……”

这句话像是意想不到的一击，我的脑袋变成一片空白，不自觉放开了手。

因为我的犹豫不定，让琴吹同学受到伤害……

“琴吹学姐。”

臣同学无声无息地走过来。

“图书馆老师在找你，你现在可以过去一趟吗？”

“……好的。”

琴吹同学小声响应，低着头跟臣同学一起走了。

途中臣同学还回过头来，对我投以轻蔑的一瞥。

——**伪善者**。

我的脚僵住了，喉咙也像是被塞住一样，一句话都说不出来。

想要帮助琴吹同学的心情，绝对不是谎言。她脆弱哭泣的模样让我看得很难过，所以我无论如何都想帮助她。

但是，我怀着半吊子的心情去帮琴吹同学的忙，结果在她面前露出了那么痛苦的表情。

我喘不过气，口中变得干渴，好希望自己就此消失。我一点都不想伤害琴吹同学，但是，这样根本和以前在图书馆发生的事一样。正如臣同学所说，我真是个差劲的伪善者。

我仿佛被世间所有人投以白眼，怀着受到谴责的郁闷心情走在走廊上。受到刺伤、变得空荡荡的心隐隐作痛，悔恨的情绪使我渗出泪水。

不行，不能哭！我没有资格流泪！是我逼琴吹同学不得不说出那种话！是我害琴吹同学伤心的！

我不停眨眼，努力抑制即将涌出的泪水。

接下来该怎么做呢?

琴吹同学已经说她要自己找水户同学,叫我不要再插手了。

但是,我怎么能丢下那种状态的琴吹同学?就算会伤害她,还是陪在她身边比较好吗?还是应该为了琴吹同学而离开?我已经搞不懂了。

不知不觉间,我的脚习惯性地走到三楼西侧尽头的文艺社。

远子学姐又不在这里。

就算是幻觉也好。

我好想见她。

好想见到远子学姐。

我握着冷冰冰的门把,打开社团活动教室的门——

然后听见了温柔的声音。

"你好,心叶。"

屈膝坐在窗边铁椅上,正在翻阅文库本的人,就是留着两条细长辫子,像堇花一般的"文学少女"。

第四章

“文学少女”的评价

“狄更斯的《圣诞颂歌》(A Christmas Carol)就像刚出炉的罗浮火腿(注 5)一样,口感细腻,连小孩子也能吃下很多,而且长大之后还会一直怀念那种温暖的美味。

“贪心又孤僻的大财主斯克鲁奇(Ebenezer Scrooge),在平安夜见到了死亡多年的朋友,化为鬼魂来劝他改变生活方式,把机会和希望赠予斯克鲁奇。后来,掌管过去、现在、未来的三位圣诞精灵依次出现在斯克鲁奇面前,让他看到了已经遗忘的过去,还有他从没注意过的事情。

“那是圣诞节的温馨景象,还有穷困却欢乐幸福的家庭,以及希望和信赖等等。

“就像把芹菜、胡萝卜、洋葱、整颗鸡蛋和橄榄混在一起,用烤箱烤得蓬松的罗浮火腿,用刀切成片,再用银叉分成小块,一点一点品尝的滋味喔。

“平常不太好吃的芹菜和胡萝卜裹上了温和清淡的肉汁,吃在嘴里，心中就充满了清爽的幸福感。略酸的橄榄也有一种特殊风味，更让人觉得美味呢。”

她笑容满面地发表感想，一边撕下书页边缘，送入口中。

伴随着喀沙喀沙的咀嚼声音，白皙的咽喉轻轻一震吞了下去，她的脸上又出现幸福的微笑。

窗口流泻进来的透明阳光，把她两条猫尾巴似的细长辫子、小巧白皙的脸庞和纤细手脚映照得光彩动人。

我仿佛身在梦中，呆呆地站在桌旁。

这……真的是远子学姐吧？

会津津有味地吃着书本，还一边发表评论的奇妙女高中生，除了她以外不可能还有别人。

“……你在这里做什么？”

我好不容易问了这句话，远子学姐慢慢转过头来，可爱地笑了笑。

“因为有些喘不过气，所以想来这里休息一下。”

“远子学姐明明只拿到 E 等级，还能这么悠闲啊？”

“有心叶写的点心为我打气，所以应该可以进步到 C 等级吧。”

远子学姐对我的吐槽无动于衷，悠然地回答。

我反而因为心情放松而觉得鼻酸。

她把双手撑在椅背上，一双温柔的眼睛望着我。

“对了，心叶，你这阵子放在信箱里的点心真的很好吃呢。有加上芝麻烤出来的饼干、带点酒味的葡萄干蛋糕、薄荷果冻、香甜的印度奶茶……我感慨地想着，啊啊，即使我不在，心叶也过得不错呢……我一边吃，就一边‘想象’心叶一定碰到了什么好事喔。”

这清澈的声音令我胸口一震，我慌忙转开视线。

"总不能给考生吃些怪东西吧。尤其远子学姐又那么贪吃，不管拿到什么都会吃得精光。"

"是啊，因为那是心叶写的东西，怎么可以剩下来嘛。"

真是胡扯。就算不是我写的，只要是放在信箱里的奇怪信件她也会半点不剩地吃光吧。

"但是，心叶最近写的点心都有点苦呢……"

远子学姐的表情变得黯淡。

她是因为担心我才来这里？我写的三题故事真的那么苦吗？

不知为何，我感到越来越心虚，喉咙也开始发热，我总觉得远子学姐好像看穿了一切。

我不希望这样，我不想表现得那么孩子气。远子学姐还要忙着准备考试呢。

在我咬紧牙关按捺情绪时，远子学姐突然对我一笑。

"一说到点心的事，我又好想吃些甜食喔。心叶，今天的慰劳品呢？"

她喀嗒喀嗒地摇晃椅子催促着我。

"好啦，我知道了，我现在就写。"

说完之后，我突然想起以前写的三题故事还放在书包里。就是在琴吹同学说讨厌我的那天，我满心烦恼所以忘记投入信箱的"蓬松甜美的香草蛋白霜风味"……

我从书包拿出那篇作文，放在桌上。

然后随手拿来一张水蓝色书签，用原子笔在上面写了手机号码和信箱地址。

远子学姐吵着"快一点快一点"，满脸期盼地看着我。

我右手拿着稿纸，左手拿着书签，对远子学姐问道："你想要大的还是小的?”

远子学姐坐在椅子上,笑容满面地对我伸出双手。

“我要大的!”

我用“蝴蝶”“恐山”“沙发”写成的“蓬松甜美的香草蛋白霜风味”点心,远子学姐吃了就按住心口,皱起一张苦瓜脸说:“浑身肌肉的沙发穿着一条海滩裤滚下恐山,魂魄飘出体外变成蝴蝶,又回到恐山,沙发就变成尸体了,这是恐怖故事?是恐怖故事吧!根本不是香草口味,而是加了萝卜干的鱼板嘛!一点都不蓬松,而是干巴巴的啦!呜呜呜,还加了好浓的芥末啊!”

我转身背对哭丧着脸的远子学姐,把书签夹入笔记本。

结果,我还是没有把手机号码给她。

“呜……呜……我问你喔,心叶,你跟流人在电话里说了什么?”

回头一看,远子学姐趴在椅背上,死命地吐气忍耐着点心的怪味。

然后她又慢吞吞地说:“难道你遇上什么麻烦吗?如果跟学姐商量看看,说不定可以想到好方法喔。”

我无法立刻回答,只是语气僵硬地反问:“……流人跟你说了什么吗?”

“没有,我是在隔壁房间听到流人说了‘心叶’。”

“那是偷听吧?”

被我这么指责,远子学姐一跃而起,气势汹汹地开始反驳:“才、才不是!我才没有用杯子贴在墙上偷听呢!就算坏心眼的流人什么都不告诉我,就算隔间的墙壁薄得跟纸张一样,就算我很在意流人和心叶好像在电话里说些很严重的事情，我也不可能这么没礼貌地偷听啊！”

“你的耳朵上有杯子的痕迹。”

“咦！”

远子学姐被我一指，立刻按住右侧的耳朵。

“骗你的。”

“呃！”

“你的确偷听了吧？”

她禁不起我的追问，只好直截了当地拗起脾气说：“因为、因为、因为心叶和流人好像在商量什么事情，害我牵挂得读不下书嘛！如果继续放着不管，我一定会无心读书而落榜，最后变成无业游民，如果真的变成那样，就是心叶害的喔！没错，都是心叶不好，心叶不该找流人帮忙。所以啊，为了让尊敬的学姐能够集中精神准备考试，你就把事情一五一十地供出来吧。”

唉……远子学姐还是老样子。

听到她这番强词夺理的说辞，我就觉得全身脱力。

想要敷衍眼前此人是不可能的。远子学姐的孩子气可是比我强上了千百倍。

“好啦好啦，请别再摇晃椅子了。否则会像以前那样跌倒撞到脸喔。”

我叹着气，靠在桌上，开始说起至今发生过的事情。

远子学姐把椅子拉到桌前，在我叙述的过程中，她有时皱眉流露悲伤的表情，有时又一脸严肃屏住呼吸，后来还把食指点在唇上，陷入了沉思。

我说完之后，远子学姐喃喃地说：

“心叶，你再详细地告诉我一次水户同学对小七濑说过的，关于男朋友的提示。”

“唔……总共有三条，包括九人家庭、想事情的时候习惯绕着桌子走、喜欢喝咖啡……就这些吧。”

“是吗……”

她的手指还贴在唇上，继续思考着。

“九人的大家庭还挺少见吧。”

“我想，那应该不是说水户同学的男朋友家里有九个人。”

“咦？”

“这个提示一定有其他涵义。”

“其他涵义……是怎样的涵义？”

远子学姐皱起眉毛，很困惑地说：

“对不起，我也还不是很清楚。”

她有些抱歉地说着。

“但是，‘椿’这个名字，应该是从小仲马的《茶花女》（日译：《椿姬》）取来的吧。”

“《茶花女》？啊，这么说来歌剧里面好像也有这出戏码。”

远子学姐开始说起《茶花女》的事。

“是呀。《茶花女》的原名是《La Dame aux camélias》——也就是法语的‘山茶花女士’。作者小仲马的父亲，就是写出《三剑客》和《基度山恩仇记》等经典作品的名作家亚历山大·仲马。一般都称父亲为大仲马，称儿子为小仲马。（注6）

“年轻时的小仲马跟巴黎交际花玛丽·迪普莱西相恋，所以把她当作范本写下了《茶花女》。

“主角是纯情青年阿尔芒（Armand Duval）——跟《歌剧魅影》

的劳尔有点类似。来到巴黎的阿尔芒，跟人称茶花女的高级妓女玛格丽特(Marguerite Gautier)坠入情网。玛格丽特也一往情深地爱着阿尔芒，但她后来得了肺结核，阿尔芒的父亲又专程前来劝她离开阿尔芒，她只好含泪退出。这就像在顶级的苦巧克力里加上高纯度的威士忌一样，豪华甜美，又带着苦涩的感人滋味呢。"

想要成为歌剧歌手的水户同学，当然知道《茶花女》这个故事。

她也一定知道，女主角玛格丽特是一个妓女。

当水户同学帮自己取了"椿"这个名字时，她是怎么想的呢？

远子学姐继续说："由威尔第改编的歌剧里，把阿尔芒这个名字改成罗多尔夫(Alfredo)，把玛格丽特改成薇奥莱塔(Violetta)。最后一幕也稍有不同，而且还把剧名改成'La Traviata'，这在意大利语里代表'失足的女人'。"

我因椎心刺骨的痛苦扭曲了脸。

失足的女人。

水户同学也像椿姬一样失足了吗？

因此她误入迷途，走到无法回头之处吗？

还是说，就像椿姬为了阿尔芒而退出，她也是为了某人才躲起来吗？

水户同学的劳尔，她的阿尔芒，到底在哪里？还是像琴吹同学说的一样，根本就没有这个人？

远子学姐带着知性的眼神说："水户同学的事情的确很像《歌剧魅影》。其实在《歌剧魅影》里，也的确上演过'浮士德'和'唐璜'这些真实存在的歌剧戏码。

“但是，如果这次的失踪事件真的跟《歌剧魅影》一样，那心叶你们就漏掉一个很重要的线索。”

“什么线索？”

我的手按在桌上，探出上身。

“你想想，水户同学无故逃学十多天，为什么没有被拉下发表会的主角宝座？这样太不合理了。关于她在接受秘密特训，或是有大人物在暗中为她撑腰的传闻，虽然目前无法证实，但我认为有人从某处施压这一点绝对错不了。

“那个人应该相信水户同学到了登场当天一定会出现吧？《歌剧魅影》里的魅影也威胁剧院经理，要让他所爱的克里斯蒂娜代替首席女歌手卡罗塔上台演出。为此魅影甚至毁了卡罗塔的声音，让她无法上台。”

“你是说，水户同学的支持者就是魅影——也就是被她称为天使的人？”

远子学姐表情认真地点头。

“很有可能。有权决定角色的人不多，可能是学校的老师或是经营者——无论那个人是谁，他说不定会知道水户同学的去向。”

远子学姐询问屏息倾听的我：“怎么样，心叶？要调查看看吗？”

如果是平常的话，她一定会说“立刻展开调查吧，心叶！”完全不管我的意愿就冲出去了。

而现在的她就像守护着没出息弟弟的姐姐一样，嘴唇轻抿、眼神澄澈，很有耐心地等待我的回答。

她的眼神仿佛在说“一切让心叶决定”。

我的心中千头万绪，又是担忧又是迷惑，加上想要向前迈进的期望，各种情绪纵横交织涌上喉头。

我究竟做得到什么事呢？就连水户同学在从事援交的事，我都不敢告诉琴吹同学了。

但是——

被远子学姐用这种表情望着，我实在不想破坏她的期待。如果我选择逃避，那就跟以往没有差别了。

我略为调整呼吸，然后回答："好的。"

远子学姐听了笑逐颜开。

仿佛融化在光芒之中，她的笑容甜蜜而温柔地从嘴边扩散开来。

她用食指在我的额上点了一下，然后用开朗的声音说："很好！立刻展开调查吧，心叶！"

"远子学姐，请你先回去吧。"

"咦，你在说什么啊！"

我朝校内音乐厅走去时，远子学姐摇头拒绝，还是跟着我。

"你要去找麻贵吧？既然如此，还是让我一起去比较好。"

"怎么能让考生去当裸体模特儿，如果感冒了怎么办？请你还是回去用功吧。"

"那心叶要脱吗？你要自己去当裸体模特儿吗？"

"不，这个就……"

"我怎么可以让麻贵的魔掌摧残我重要的点心来源——不，重要的学弟呢！"

"可是，远子学姐，你以前不是吵着不想看到麻贵学姐，还硬要我去吗？"

“当时我刚好有事情忙不过来嘛。”

闲谈之间，我们已经到达中庭的音乐厅。

在音乐厅最顶楼拥有自己专属画室的姬仓麻贵学姐——通称“公主”——听到我们叙述来意之后，好奇地笑着说：“所以呢？你们哪一个要脱？远子？还是心叶？”

她在制服外面套上作业用的围裙，手上拿着画笔。

那头大波浪卷的茶色长发像狮子鬃毛贴在她的脸旁，披散在背后。又高又丰满、而且拥有符合公主这个称号之美貌的麻贵学姐，因为是本校理事长的孙女，所以她什么情报都知道，任何东西都唾手可得。

但是，她提供情报时，一定会要求“报酬”。

麻贵学姐最大的野心，就是画远子学姐的裸体画。为此她这三年间一直持续劝说远子学姐，而远子学姐对她也非常警惕。

不过麻贵学姐可是说过“一想到远子会恨我一辈子，我简直兴奋得难以自持”这种话的人，所以不管远子学姐怎么瞪她、回避她，她都甘之如饴。

“这次的事跟远子学姐没有关系，报酬就让我来付吧。”

“不，学弟有这么重要的事，我既是学姐又是文学少女，怎么可以坐视不管呢！”

“这跟是不是文学少女没关系吧？”

“学弟只要乖乖接受学姐的照顾就好了。”

“哎呀，所以远子决定要脱了吗？”

“咦！”

麻贵学姐露出淫猥的笑容，远子学姐吓得支吾着说：“那……那件事现在才要开始商量……那个，我最近点心吃得太多，所以变胖了点……如果要做这种事，也得给我一点时间准备。对了，麻贵也要忙着准备考试吧？应该没有时间作画吧……”

“是吗？可是我已经确定被推荐去某大学啦。”

“可、可是我只有 E 等级，还、还要好好用功才行……所以那个，那个……先、先让我欠着吧！”

远子学姐握紧拳头，用力叫喊的模样，让麻贵学姐看得忍不住噗嗤一笑。

“啊，太可爱了！可爱得真叫人受不了！好吧，反正我现在也还在画其他的模特儿，就让你欠着吧。毕业之前，我一定会跟你讨十倍回来的。”

“呜！”

远子学姐什么都说不出来，麻贵学姐以异常闪亮的眼睛盯着她说：

“这次就当作是我提早送你的圣诞礼物吧。对了，别忘了送我礼物当作‘利息’喔。”

我一方面觉得同情，另一方面也忍不住默默想着：“所以我才叫你别来嘛，早就知道你斗不过麻贵学姐了，真是自作自受……”

“公主”很快就安排好了。

周六晚上，我跟远子学姐一起待在宾馆的房间。

远子学姐解开发辫，在两旁耳下用粉红色橡皮筋随意扎起马尾，还折起制服裙子的腰间缩短长度，她看起来开心得不得了。

我穿着便服针织衫和牛仔裤，一脸沉痛地把手贴在额头。

“哇！这套桌椅好棒喔，应该是古董吧？这张床也好有弹性喔，你看嘛！”

远子学姐跪坐在豪华的双人床上，高兴地弹弹跳跳。在我的人生中，这是头一遭跟女生一起来宾馆，而且，竟然还是跟远子学姐。

远子学姐跳得失去平衡，滚倒在床上。

“好了啦，远子学姐还是先回去吧。”

“不行喔，这次的作战没有我是不行的。”

她拉好裙摆爬起来，断言说道。

什么作战啊……还不都是远子学姐自己擅自决定的……

“你真的要做吗？”

“是啊。”

“考生就该坐在书桌前好好用功啦。”

“我昨晚解出很多数学题目了，所以没问题的。”

我听得满头问号。

“为什么现在要写数学题啊？”

“既然要参加联考，这不是理所当然的吗？”

“联考！你真的要去考国立大学吗！还是只想考个纪念啊？”

因为太过震惊，我无暇顾及场合和情况发出疑问。

我还以为她的目标是私立大学的文学系，没想到竟然是国立大学！她真的以为她那种毁灭性的数学成绩考得上国立大学吗！这未免太不自量力了吧！

远子学姐骄傲地挺起她扁平的胸脯。

“嘿嘿，我只报考了国立大学喔。”

“千万别这样，这等于是把报名费丢进水里啊！而且竟然只有这一个目标！这太冒险了！赶快把目标换成私立大学吧！”

天啊，她只拿到E等级就是这个原因吗？所以我就觉得奇怪

嘛，远子学姐应该可以靠文科拿到不少分数啊。

趴在床上的远子学姐鼓起脸颊，不高兴地盯着还在发愣的我。

“好过分！心叶对考生真不客气！”

“我才希望远子学姐更有考生的自觉呢。你还是回去比较好。”

“不要，我都大费周章地变装了耶。”

“只是把辫子解开而已吧?”

“我还把裙子折短了七公分喔，对女生来说这已经很严重了。”

“这种作战计划太危险了啦，竟然想要假装援交来打听水户同学的事。”

“没问题的！我可是读遍了 D. H. 劳伦斯《查泰莱夫人的情人》、梦野久作《瓶装地狱》、安莱丝睡美人三部曲（注 7）的文学少女喔！就算没有经验，我的知识也很丰富了。”

“这些根本就不能当做参考啊！不，应该说请你别拿那种东西当参考。”

我们还在争论不休时，外面传来了开门的声音。

“心叶，快躲起来！”

远子学姐推我一把，我赶紧躲到窗帘后面。

很快地，有一位穿着西装大概四十多岁的男性摸着胡须走进来。

他就是我在照片上看过的白藤音乐大学副理事长堤健吾，绝对错不了。

堤是椿去过的那个会员制援交网站的常客，也是椿的“恩客”，而且他也是坚决要求选水户同学当歌剧主角的人。

看起来只是个肥胖的中年男子嘛，他会是水户同学的天使吗?

远子学姐坐在床上，低头背对着他。

“喔喔，让你久等了。”

堤也在床边坐下，带着下流的表情窥视远子学姐的脸。

“你会紧张吗？难道是第一次？”

远子学姐小声回答：“……因为我听说可以赚很多钱。”

“是呀，如果让我玩得高兴的话，不只是钱，你想要什么我都可以买给你喔。”

远子学姐的肩膀轻轻一颤。

“真的吗？什么都可以买吗？”

“是啊，你想要什么？”

下一瞬间，远子学姐突然整个人往堤扑去，眼睛闪亮亮地热切说着：

“我想要一口气吃下初版的森鸥外全集！还有夏目漱石、谷崎润一郎、室生犀星，啊啊，樋口一叶的《比肩》也难以舍弃啊！还有已经绝版的契诃夫作品集，对了，我也一直梦想能把禾林出版社的历史系列收齐，堆满房间，然后全部吃光呢！我还在想如果中奖的话，一定要实现这个梦想啊！

“一定就像徜徉在朗姆酒口味卡士达奶油泡芙、沙河蛋糕、浓醇香槟果冻聚成的海洋里吧！”

远子学姐在叙述之中激动地把堤推倒，然后还滔滔不绝地继续说，堤被她吓得目瞪口呆。

我感到头痛不已，同时跳了出来，用手机拍下堤的影像。

“你在干什么！”

堤慌忙从远子学姐身下爬出来，我让他看刚拍到的画面，冷静地说：“堤健吾先生，如果你不希望这张照片被送到你岳父——白藤音大理事长还有其他职员手上的话，就把你经常指名的‘椿’的事情坦白告诉我们吧。”

“你、你说椿……”

堤似乎受到重大打击，他脸色发青，变得结结巴巴。

后来，堤焦躁地摇晃着身体，说出以下事情。

水户夕歌失踪之后，有人以椿的名义把发表会招待券装在红色信封里寄给他。

里面还有一封用文字处理机打出来的信，说水户夕歌正在某处研习课程，发表会务必让她上台，绝对不能把她从主角名单剔除，否则就要让堤失去现在的地位。

“夕歌外表成熟但举指又很青涩，我一直很喜欢她，没想到她竟然会威胁我说如果我不让她当主角，她就要把我们的事情说出去。

“当时夕歌把菜刀抵在我脸上，说‘我也可以立刻割腕自杀喔，这么一来就会变成天大的丑闻吧’，她的眼神和口气看起来都不像是在开玩笑。可是她立刻变得快哭的模样，又是像野兽一样呻吟，又是失神地看着半空，总之整个人状态很糟。

“好不容易等到她消失，我正觉得松了一口气，没想到她又寄来信和短信，简直就是土匪嘛！那个女人是戴着天使面具的恶魔！我可是受害者耶！”

我们就这样手足无措地看着堤吐露他对夕歌的憎恨。

椿就是水户夕歌。

水户同学为了在发表会上担纲主角威胁堤，而且直到现在，她也还在暗处掌控着堤。

空气冷得几乎冻结，我和远子学姐沉默地走在又冷又暗的夜路上。远子学姐已经把裙子放回原来的长度，我们刚才听见的话还是在脑海里徘徊不去。

苦闷的心情充满我的胸中。堤口中形容的水户夕歌，跟琴吹同学叙述的那位好朋友水户同学简直判若两人。

魅影的真正身份竟然就是克里斯蒂娜，这种事情叫我要怎么告诉琴吹同学？

水户同学到底打算做什么？

我完全无法摸清克里斯蒂娜的内心。

在布置豪华的舞台前，克里斯蒂娜对劳尔这么说：

“看啊！劳尔，这些墙瓦，这些树木，这些绿廊和画布上的景致，一切都蕴含着至高无上的爱情。因为在这里，它们是由远远超过凡人的伟大诗人所创造的。”

“这里跟我们的爱情很相称吧，劳尔。因为这份爱也是被创造出来的。唉！它也只不过是一种幻觉罢了！”

这番听来天真的话语，深深刺痛了劳尔——我的心。

或许我们信仰的爱情、希望、梦想，全都只是一种幻觉罢了。

即使是现在，琴吹同学也一定坚持在找寻她的好朋友吧？她一定深深期盼水户同学可以平安归来，再过着跟以前同样的宁静生活吧？

冰冷的空气刺激着皮肤。远子学姐不时担心地看着我。

临别之前，远子学姐突然说："心叶，你已经读完《歌剧魅影》了吗？"

"还没。"

我无力地回答。

"这样啊……可以的话，希望你能读到最后。因为故事内容和水户同学的事有关联，读起来可能会很难过……但是，这个故事的真相在最后才显现出来，所以希望你可以看完。"

远子学姐静静地说着，然后又忧心忡忡地望着我。

让她这么担心，我真觉得自己太没用了，不禁难过得胸口郁闷。

"……远子学姐。"

"嗯？"

"请你……要好好用功。"

我故作坚强地装出没有受伤的模样，远子学姐看了就露出淡淡的微笑。

"好的。"

她摇曳着没有扎成辫子的长发，慢慢消失在住宅区里，而我则是以颓丧的表情目送她离去。

独自留下的我，像是瞬间老了很多岁一样觉得疲倦不堪，我封闭心灵，什么都不想，继续一个人走着。

然后不知过了多久。

突然间，我放在外套口袋里的手机震动起来。

拿出一看，发现来电没有显示号码。

我想起了以前收到的奇怪短信，身体变得有些僵硬。我按下通话键，把手机贴在耳上。

“井上吗?”

陌生女性的声音喊出我的姓。

那是清晰悦耳的美丽声音。

是谁?对方似乎认识我?

“我们没有见过面。我是水户夕歌。”

一阵寒冷的强风冲向我的脸。

竟然是水户夕歌!

我的心脏激烈鼓动,脑袋逐渐发烫。我拼命叫自己冷静一点,用汗水浸湿的手握好手机,慎重地问:“你就是琴吹同学的朋友水户同学?”

“是的。”

“你为什么认识我?”

“你的事我大概都知道,因为七濑总是在说你的事。她不管讲电话或是寄信,从很久以前就一直提到你。”

她的口气不像是调侃,反而非常温柔。这声音传进我心中的同时,也让我感到混乱。

“那你又怎么会知道我的手机号码?”

“这不能告诉你。不过,只要有心,想要什么通常都有办法得到。除了人心以外。”

“听起来真可怕。”

“抱歉。”

水户同学干脆地道歉了。她显得很沉着,一点都不像已经失踪的人。此时我仿佛又听见堤说着“夕歌是恶魔”的声音。

"之前传短信给我,说'那家伙是 Lucifer'的人也是你吗?"

"是的。"

"为什么要做这种事?那家伙是指谁?"

"那家伙就是在你们身边的人,是因为'傲慢'之罪堕入地狱,变成撒旦的堕天使。绝对不能接近那个家伙。"

"我不明白你的意思。"

"就是叫你别做多余的事。"

她的声音霎时变得冷酷。

"你今天见了堤吧?这样我会很困扰的。"

我恐惧地直冒鸡皮疙瘩。她竟然知道我们在宾馆跟堤见面的事?难道她亲眼看到了?在哪里?还是堤告诉她的?

我尽量竖起耳朵,听着她所在地方的声音。

有车子的引擎声。

微弱的喇叭声。

还有《Jingle Bell》的旋律……

"你别想妨碍我,也不要把七濑卷进来。"

"如果你回来的话,琴吹同学和我也不需要四处找你了。你现在到底在哪里?"

"我在圣诞树里面,这里就是我的家。"

那首《Jingle Bell》已经演奏到间奏的部分,歌颂着圣诞节的喜悦、温暖和快乐。

"……我在网站上看到你的资料了。"

"那只是随便写写的。"

"喜欢井上美羽的书也是随便写写的吗?"

"那是真的。"

“琴吹同学没有说过你是井上美羽的书迷。”

“那是因为七濑不知为何很讨厌井上美羽，但是我很喜欢……我看了井上美羽的书很多次，几乎可以整本背下来了……不过，这种事一点都不重要。”

水户同学十分冷漠。

“琴吹同学很担心你！她一直在等着你回来！你不是跟琴吹同学约好了吗？你要为琴吹同学空出圣诞节不是吗？”

她那流水一般的清澈声音掺杂了一丝悲伤。

“……是啊，我跟七濑……还有跟他……都已经约好了。平安夜要跟他共度，圣诞节要跟七濑一起过。”

“所以在等你的不只是琴吹同学，还有你的男朋友吧。”

“不行。”

她的声音透露出前所未有的严峻和激愤。一旁汽车的排气声掩盖了圣诞歌曲。

“因为克里斯蒂娜要跟天使在一起，所以再也不能见劳尔了。克里斯蒂娜已经脱下戒指了。”

我不了解她话中的意义，但我还是极力劝她回来。

“天使的真正身份不就是魅影吗！怎么可以跟那种人在一起呢！”

然后，我听见了像贯穿胸口的冰柱一样冰冷的声音说：“你也跟劳尔一样，对自己不理解的事物感到恐惧，所以想要将其排除。那个没用的劳尔到底做得到什么事？克里斯蒂娜终究听着赞美诗死了。”

“你从刚才就一直在说这种话，到底是什么意思？”

“我不想再讲下去了。总之，不要牵扯到七濑。井上，你只要关心七濑的事就好了。”

“等一下！别挂断啊！”

喀的一声之后，就听不到声音了。热度从我的体中迅速退去，自脚底涌上的寒意冻得我直发抖，水户同学说的话不停在我脑中打转。

克里斯蒂娜终究听着赞美诗死去了。

水户同学不就是克里斯蒂娜吗？她说克里斯蒂娜听着赞美诗死去，那是什么意思？

◇　◇　◇

已经没救了！劳尔没有赶上。

我已经落到天使的手中了！我硬是抓着戒指不放，因此天使燃起黑暗的怒火，用锯子把我的左手切断，用刀子把手指一根根切下来。

温暖的血水从我的手腕汩汩流出，沾湿了泥土，散发出一股腥臭可怕的味道。然后天使捡起了沾满血迹的戒指，用冰冷的舌头舐去上面的血。

这是为了让天使和我紧密结合所举行的仪式。

我再也无法回到七濑或是他的身边，我被强拉到这夜晚的黑暗中，受到囚禁，变成了不能走在阳光底下的魅影。

天使毁灭了我！用清脆的声音诱惑我，对我说着甜言蜜语，抚摸我的头发，让我草率地对他信赖不疑，让我受骗！他把我的身体、声音、心灵都改造成污秽可怕的怪物，变成他的同伴！

天使是戴上面具的丑陋魅影！

为什么我会相信那种背负着污名的可怕怪物呢？一定是因为他每晚热切地来见我，在月光下跟我说话，对我唱歌的缘故吧？

那都是卑劣的陷阱！

魅影切断我的手，夺走证明我跟他爱情的重要戒指，也把我从日常生活之中割离了。

如果没有跟魅影相遇，或许我还是可以回到有他也有七濑的温暖场所。

或许我还可以重新来过，像个普通的女孩一样活下去。

为了那虚伪的光荣，我与之交换的就是可怕的毁灭、冰冷的面具，还有魅影建造像陵墓一样的黑暗城堡。

克里斯蒂娜已经死了！

克里斯蒂娜已经死了！

克里斯蒂娜已经死了！

最后的赞美诗缥缈地融化在黑暗中。我在绝望之中，听着心跳的声音停止。

如今在这里的，只是悲惨地趴在草地上，睁着闪烁的眼睛，发誓对活在白天世界的人们复仇的魅影。

如果七濑知道这件事，一定会伤心欲绝吧。我看看手机，发现七濑传来短信，也在语音信箱留言了。她一定心急如焚地等着我的回复吧。

一定要回传短信给七濑才行，我只想守护七濑，只想让七濑继

续笑着。

但是,该怎么办?克里斯蒂娜的尸骨都已经躺在地底,我也已经变成了污秽的魅影了——

◇　◇　◇

周末过去了。我在周一的下课时间去教职员室时,听说了球谷老师辞职的消息,因此惊讶得不得了。

“怎么会!第二学期都还没结束,为什么突然辞职了?”

告诉我这个消息的老师皱着脸回答“听说是家里发生了什么不幸的事,我也不太清楚”,而且还再三嘱咐,要我别告诉其他学生。

像铅块一样沉重的不安,沉入了我的心底。

我在假日思考着水户同学在电话里说的内容时,也想起球谷老师说过,有位音乐家听着赞美诗割腕的事情。

我一直在想“克里斯蒂娜听着赞美诗死去”这句话会不会跟那件事有关系,本来还想向老师仔细询问的,没想到老师竟然辞职了!

我怎么想都无法接受,因此在午休时间到麻贵学姐的教室找她,却发现麻贵学姐从早上就没出现。

到底是怎么回事……

我漫无目标地走向音乐准备室,因为跟老师有关的地方我只想得到这一个。

不只是水户同学，现在连球谷老师都消失了。我最后一次见到老师的时候，他还举着盛满印度奶茶的纸杯，带着淡淡的微笑对我说话。

——告诉你喔，井上同学，想要当一个成功的艺术家只是一场梦。与其那样，我宁愿选择这杯茶。

我实在不敢相信，那么热爱平稳日常生活的老师竟然会这么干脆地舍弃一切。球谷老师明明说过，他为了让自己喜欢自己才待在这个地方，但是他却——

在我和琴吹同学、球谷老师共同度过的短暂时光里，老师告诉我很重要的话。

在我说"等到事情解决之后我们会再来帮忙"时，老师也笑着回答"好的，希望那一天快点到来"。结果，他却一声不响地消失了，我无法不感到愕然。我觉得心里空荡荡的，仿佛被挖了一个大洞。

走到音乐准备室前正要转开门把时，我不由停止动作，竖耳倾听。

里面传出细微的声音。

我从门缝往里看，发现有一位穿着制服的女孩坐在地上哭泣。

那位女孩的面前散落着撕成碎片的红纸，我一看就讶异地打开门。

颤抖着肩膀，泪眼朦胧仰望着我的女孩身材很娇小，还有一副稚嫩的容貌。

我好像在哪里看过她。

对了！她就是之前在这个房间和球谷老师接吻的女孩啊！

“你也听说老师辞职的事了吗？”

女孩听见我的问题，轻轻点了点头，然后又继续掉泪。

我走到女孩面前，安慰她“别再哭了”，然后静待她平静下来。

她说自己叫做杉野，是一年级学生，她没有跟球谷老师交往，只是自己单方面的倾慕老师而已。

我一边听她说话，同时注意到散落在周围的红纸。果然跟我想的一样，那是撕碎的信封。

——有人以椿的名义把发表会招待券装在红色信封里寄过来……

我想起堤说的话，不禁打了一个冷颤。

“这是你撕破的吗？为什么？”

“呜呜……这封信寄来之后，阿球就变得很奇怪……他突然开始整理资料，可是我说要来帮忙，他又一口拒绝……他只把我当成小孩子看，从来不认真对待我，可是却又找我去宾馆……但是，什么都没做就回来了……”

她又说，球谷老师到了宾馆之后举止也很异常，好像在找寻什么东西似的，不断在房里走来走去，当杉野同学冲澡结束出来时，只见球谷老师用她未曾看过的严肃表情一直盯着床头柜看，口中还念念有词。

“他说了什么？”

“我、我不是听得很清楚……好像是什么‘没有赶上’，还有‘被天使抢走了’之类的……”

天使！

“然后，他就突然跑出房间了。”

我在音乐准备室看到接吻场面的那天，就是他们去了宾馆的隔天。杉野同学因为被丢在宾馆里感到愤慨，或许球谷老师是想要用这种方式向她道歉吧。

关于老师的行动，我听来也觉得很不自然。而且，竟然还提到天使……

“阿球看到信封好像很难过，所以我很在意信的内容……这是我从阿球的桌子里偷出来的，但是里面只有歌剧的门票，却没有信。”

她小声坦承，她本来打算把信放回去，但是找不到机会，只好一直带在身上。

“你看到寄信者了是吗？”

“嗯……上面写‘椿’。”

真是晴天霹雳！

这信封跟寄到堤那里的一模一样，怎么会有这种事！

球谷老师也认识椿吗？他跟水户同学失踪的事也有关吗？

我几乎站不稳，呼吸变得很困难。老师不是说过，他跟水户同学并没有多熟吗——

我等哭泣的杉野同学终于冷静下来才走回教室，这时午休已经快结束了。

正要走进教室时，我在门口差点跟琴吹同学相撞。

“！”

我们两人都吓了一跳，各自后退一步。

“……对、对不起！”

“没、没事。”

琴吹同学紧咬嘴唇，脆弱地望着我，好像想说什么。

我也因为不知道该不该把水户同学打电话给我的事以及老师的事告诉她，所以迷惘地回望她。

此时，琴吹同学的裙子口袋中传出讯息铃声。

“!”

琴吹同学脸色发青地从口袋里掏出手机，看了一眼之后，就慌慌张张地转身跑进教室。

是谁发短信给她？里面到底写了什么？

我很想追上去问她，但是老师刚好走进教室，我只好回到自己的座位。

琴吹同学依然表情僵硬地看着藏在桌底下的手机。

放学之后，森同学她们包围着琴吹同学，好像要邀她一起去吃可丽饼。大概是森同学她们看琴吹同学很没精神，所以想帮她打起精神吧。

芥川去参加社团活动了，我也怀着烦闷的心情走出教室。

我感到我们的日常生活开始龟裂，仿佛快要崩坏，我胸中涌现莫名的焦躁，却又不知该怎么做才好。

球谷老师为什么要带杉野同学去宾馆？老师的行动代表什么意义？

最麻烦的就是臣同学，他好像很讨厌球谷老师，还警告我不要再接近老师。说不定他知道某些连我们都不清楚的老师的另一面，甚至连天使和水户同学的事情也知道……

我现在还是很怕跟他说话，就算问他也不知道他会不会回答，但是现在也只有这个方法了。总之先去图书馆看看，如果他不在，就问其他图书委员他读哪一班……

我走在通往图书馆的路上，突然看见一位戴眼镜的少年站在窗边，因此不自觉地停下脚步。

臣同学——

看到他那冰冷的目光，我就感到心脏像是被一把捏住，忍不住浑身发抖。

臣同学以威胁的语气低声说道：

“不要太好奇，会受伤哟。不只是你，琴吹七濑也是。”

听到这句话，我的脑袋顿时热了起来。

“你想要对琴吹同学做什么！是你发奇怪的短信给琴吹同学吧！”

他轻蔑地笑了笑。

“如果是又怎样？”

我的心中好像有某种东西爆开，我冲过去一把揪住他。

平时的我根本无法想象自己会有这种行为，或许不是因为我想起了脸色发青看着短信的琴吹同学，而是为了挥开此刻令我颤抖的恐惧。

我双手抓着臣同学制服衣襟大吼：“你对琴吹同学做了什么！你知道些什么！”但他只是啧啧两声，淡然表示出反抗的情绪。

就在此时，一条银色的项链从他的衣领掉出来。

我看见挂在链子上的银色戒指时，整个背脊都凉了。

——克里斯蒂娜已经脱下戒指了。

在他胸前闪闪发亮的戒指，是随处可见的流行款式。会戴装饰品的男生，在时下也不算少见。

但是，如果那真的是——

臣同学一手握住掉出来的项链，眼中发出深沉的光芒瞪着我。

“别在这发飙了。反正你什么也做不了，就跟那个没用的劳尔一样。”

接着，他怀着恨意，冷冷地对着愕然呆立的我说：“对吧，美羽？”

“！”

一道冲击贯穿了我的心脏，这一瞬间，我突然感到熟悉的景象遽然一变。

简直就像被关进了某人支配的空间一样，无尽的混乱和恐惧朝我袭来。

为什么他知道美羽——

他知道我就是井上美羽吗？

不可能的！但是，他刚才真的这么叫我了！

叫出我一直努力隐藏的那个不祥名字，井上美羽那个名字——

对着“我”叫出那个名字！

站在我眼前的少年，突然变得像是某种不明的可怕生物，让我全身发冷，双腿剧烈地颤抖。

他显露冰冷的眼神，继续对惊惧迷惘的我说：“美羽没有拿过比笔杆更重的东西吧？”

我蹒跚后退几步，再也无法忍受，转身逃走。

——不要太好奇，会受伤哟。

——不只是你，琴吹七濑也是。

——对吧，美羽？

脑海之中，不断响起他的声音、他的话语。

美羽，美羽，美羽，美羽，美羽——

快点！快点！一定要尽快逃到那声音追不到的地方！

否则就会被露出尖牙的天使啃食了！

我回到家，把自己关进房间之后还是停止不了心悸。

脑袋一片混乱，无法思考。为何臣同学要对我说那种话？我是井上美羽这件事就连对初中的朋友都不曾提过。知道我是井上美羽的人，应该只有家人、出版社的人，以及美羽。

直到现在，好像还能听见那个声音，我失神地戴上耳机放起音乐，转大音量，然后倒在床上，抱着头闭上眼睛。

他到底是什么人？那个戒指会不会就是水户同学的戒指？

水户同学现在就在他那里吗？还有球谷老师——琴吹同学——

为了让自己不再去想美羽的名字，我拼命想着其他事情，譬如水户同学的事件，还有昨晚读过《歌剧魅影》的内容——但是，思绪只在同样的地方打转，不断重复播放同样的画面。

断然舍弃天使面具的魅影残酷追逐着劳尔和波斯人的画面。

魅影对克里斯蒂娜夸耀自己的力量，对她展现疯狂的执着，逼她也得爱自己。

——我发明了一个面具，戴上去就会如普通人般正常，根本不会有人转头注意我。你会是全世界最幸福的女人,我们将终日为自己歌唱,直到老死。

——你哭了！你怕我！

——我一点也不凶恶啊！如果你肯爱我,你就会知道！

——如果你爱我,我将会变成最善良的人！

——你不爱我！你不爱我！你不爱我！

知道克里斯蒂娜不会倾心于自己的魅影,把怒气转向情敌劳尔。克里斯蒂娜努力保护劳尔,但是劳尔仍然被困在魅影建造的阔大地下迷宫,受到残忍的戏耍和胁迫。魅影的力量太过强大,劳尔根本没办法反击。

——反正你什么也做不了,就跟那个没用的劳尔一样。

以侮辱语气说出的冰冷话语和少女的嗤笑声,一起钻进我的脑中。

——我会把你从他的魔力中救出来的，克里斯蒂娜。我发誓！所以你不要再想他了，这是最重要的。

只有诚意和热情，是无法击败魅影的。

再说，克里斯蒂娜真的希望被拯救吗？如果克里斯蒂娜选择了以女王的身份跟魅影一起君临地下帝国，劳尔也救不了她。

不觉之间，我也变成了劳尔。

我在黑暗的地底四处逃窜，被那个嗤嗤笑声不停追赶。

不要过来！快走开！别再让我听见那个声音！

前方出现微弱的亮光，如果可以到达那里就好了！

但是死命跑过去后，我却发现站在那里的是身上包覆着黑色长斗篷、脸上戴着白色面具的魅影。

笑声突然停止了。

被冰冻般寂静包围的黑暗里，在怕得发抖的我面前，魅影缓缓脱下面具。

出现在那里的是我再熟悉不过的女孩。

美羽！

像哀号一样的刺耳声音打碎了黑暗。

你就是魅影吗！

我奋力嘶喊，美羽却指着我，冷漠地看着我。

不，魅影是你啊，心叶。

贴在脸颊边的手机震动起来，把我惊醒了。

我流了满身大汗，头发都贴在额上。我没看来电显示就接了电话，然后听见一个焦急不已的声音。

“井上同学！我在语音信箱留言给你两次了！”

“森同学……？抱歉，我刚刚在睡所以没听见。有什么事吗？”

森同学急切地大叫：“七濑不见了，她妈妈还打电话来问我！她好像偷偷跑出家门，我打她的手机她也不接！”

◇　◇　◇

啊啊，希望劳尔不要来！

如果劳尔来了，魅影一定会杀死他！

求求你，不要对劳尔出手，不要伤害劳尔。

劳尔跟我们不一样，他是个适合活在阳光底下，又温柔又纯真的人。他很可爱、很善良，总是藏起悲伤露出笑容——是我喜欢到心痛的人，是我最重要的人、我最爱的人！

我很清楚，我跟他不可能长相厮守，就像不可能种出蓝色蔷薇一样。

蓝色蔷薇只是用白色蔷薇染色制成的赝品，看不出真正的蓝色蔷薇应有的湛蓝色泽。

如同蓝色蔷薇的花语“无法实现之事”，我们的爱也跟假造的蓝色蔷薇一样。不过，就算只是幻想，我也是真心爱着劳尔的。

请你不要来，绝对不要来，劳尔。我不想看见你掉入魅影布置

的陷阱，被拖入黑暗中，沾染了鲜血的模样。

不要来，不要来，劳尔！

绝对不要来！

七濑传来短信和语音留言。

设定成圣诞歌曲的手机铃声响了好几次。

七濑不知所措地哭泣，说着“想要见面”、“快回来吧”、“我已经不知道该怎么办了”、“只要能让夕歌回来我什么都愿意做，所以快回来吧”、“快回来吧”、“快回来吧”、“快回来吧”。

在这世上我最不愿意伤害的人就是七濑，我最希望看见她幸福地笑着。

我逐渐变得污秽，恋情变得污秽，梦想变得污秽，名字变得污秽。

不过，只要想到七濑，我就觉得心情变得澄净。现在我唯一的期望，就是七濑的幸福。

然而，看见七濑在哭泣，我却无法安慰她。比谁都重要的七濑在哭泣了，我却不能抱着她，甚至不能碰触她、不能对她说话。她都哭成那样了，又害怕、又伤心，一个人独自哭泣。

——我的心都快碎了。

第五章

那是我的初恋

我在清冽月光照耀的街道上，气喘吁吁地奔跑。

手机里的语音留言，除了森同学的两条信息之外，还有琴吹同学留下的信息。

微弱的声音，像是求救似的说着："井上……夕歌的祖母打电话给我，她说看到我的信了……还说夕歌的家人在一个多月以前开车掉进湖里……夕歌的爸爸、妈妈还有弟弟都死了……后来找到遗书，确定是自杀……井上……井上……我该怎么办才好……"

都发生这么大的事，我怎么没有听到留言呢！

一想到琴吹同学听到水户同学家人的情况会是怎样的心情，我就没办法原谅自己。

森同学说，琴吹同学没有去找学校的朋友。

既然如此，或许她会去那里。

我好不容易跑到水户同学家时，已经是深夜了。

或许是因为周围的房子都已熄灯，这间唯一荒废的房子比我上次来的时候更加可怕。

我走进咯吱摇晃的大门，一边注意脚下走向玄关。

结果我立刻发现面对院子的窗户透出一丝光芒。

我绕到窗边，透过破裂的玻璃往里看，发现穿着大衣的琴吹同学缩紧身体坐在房间一角，把脸埋在膝盖之间。

星星、天使、圣诞树形状的蜡烛，像是生日蛋糕上的蜡烛一样排在她身边，微弱地照亮了阴暗的房间。

我小心地避免惊吓到她，轻轻敲了窗户。

"琴吹同学。"

琴吹同学慢慢抬起头来。

"井上……"

看到她眉头深锁，眼中带泪喃喃叫着我的模样，我才稍微放心。

"太好了，原来你在这里。你是怎么进去的？"

"……我……从窗户破掉的地方伸手进去打开锁……"

"是这样啊。你说都不说一声就跑出来，你妈妈很担心喔。森同学她们也是。"

琴吹同学软弱地垂下眼，又抱紧自己的膝盖，看来是不打算站起来。或许她是尚未整理好心情，毕竟听到那种事情，也难怪她受到那么大的打击……

我拉开窗户，直接穿着鞋子爬进去。琴吹同学战战兢兢地窥视着我。

"我可以坐在你旁边吧？"

"……"

不等她回答，我就在积满灰尘的地板坐下。

琴吹同学又低下头，把脸贴在膝上，整个人缩成一团。

空旷的房间里没有家具，显得十分冷清，还闻得到灰尘和霉菌的味道。

周围的小小烛光带着橘红色的光辉摇曳不停。

“这些蜡烛是哪儿来的？”

“……我想在圣诞节……把这些送给夕歌……所以收集了好一段时间……因为夕歌说，她很喜欢圣诞树和彩色灯泡那些东西……”

她细微的声音让我的心头紧紧揪起。

圣诞夜要和男朋友相约，圣诞节则是留给七濑，这个约定已经无法实现了……

“夕歌经常说……真希望可以住在圣诞树里……闪闪发亮的圣诞树真的很漂亮……这么一来，每天都像在开派对一样……”

琴吹同学哽住声音，又把脸埋了起来。

我的胸口越来越难受。

我又想到，当我在电话里问水户同学现在在哪里时，她以吟诗般的语气回答“我在圣诞树里面，这里就是我的家”。

闪闪发亮，如梦似幻的超现实世界。

水户同学如此憧憬那种梦幻般的场所吗？

她想要去那种地方吗？

琴吹同学肩膀颤抖，哽咽地说：“夕歌的家人……竟然死了……夕歌应该知道这件事了……她已经无家可归了……这实在太悲惨了，夕歌太可怜了……夕歌会失踪，也是因为她只剩孤零零的一个人吗……”

我悲痛地想着，或许真是如此。

借着援助交际赚取学费，同时强装开朗，努力追求职业歌剧歌手梦想的水户同学，听到家人死亡的消息之后，可能感到原本的生活已经彻底毁坏。

因为失去家人而绝望的水户同学，大概觉得手中只剩下魅影打造的幻想王国，只能活在那个地方了。

或许，她是因此才不惜威胁堤以获取主角宝座。

或许，支撑水户同学的只剩下成为知名歌手的梦想。

堤也说过，水户同学突然像是快要哭出来，还失神地看着半空……一定是因为有太多辛酸，所以心理失去平衡吧。

琴吹同学继续把头埋在膝盖间哭泣。

“……呜……夕歌现在到底在哪里……到底在想什么……”

看到无法继续逞强，只能缩紧身体伤心流泪的琴吹同学，让我觉得好心痛，虽然想安慰她，又不知道有什么好方法，我焦躁得喉中苦涩、胸口疼痛。

“呜呜……夕歌她又漂亮又开朗……为了实现崇高的梦想一直那么努力，是我最引以为傲的好朋友。我总是很高兴地想，夕歌迟早会成为有名的歌剧歌手，可、可是……”

琴吹同学颤抖着声音，自责似的表白：“其实我一直有点不安，总觉得夕歌好像离我越来越远……所、所以，听到夕歌说‘音乐天使’的事我就很不高兴……因为，夕歌每次提到天使，都是一副兴高采烈的样子，好像完全不把我放在心上。

“我一直……呜……嫉妒着天使，还说了天使的坏话……所以夕歌才会瞒着我去天使那里……”

痛哭的琴吹同学就像是从前的我。

在淡淡的黑暗中，我的记忆缓缓回溯过往。

我也曾经跟琴吹同学有过相同的心情。

担心着喜欢的人会变得越来越遥远的心情。

——我想要成为作家，想要让很多人看到我写的书。

——美羽一定可以成为作家，我会帮你加油的。

朝着梦想展翅高飞的美羽非常耀眼，我最喜欢这样的美羽了，我也满怀骄傲地深信着，美羽一定可以飞得比任何人都高。

但是，我也同时感到强烈的不安。如果美羽成为真正的作家，往我伸手难及的地方逐渐远去的话，我该怎么办？

一声细小的啜泣，阻止了我继续沉下悔恨的沼泽。

坐在一旁的琴吹同学咬紧牙关抑制声音，像只小狗一样嘤嘤哭泣。

对了，现在不是应该回忆过往的时候，一定要带琴吹同学回家才行。

如果一直待在这里，她可能会感冒的。

但是，要怎么做呢……

“琴吹同学。”

她持续发出吸鼻子的声音，脸也依然埋在膝间。

“你膝盖上有蚯蚓。”

“呀！”

琴吹同学发出可爱的尖叫跳起来，又不小心滑了一下，接着失去平衡摔倒了。

“哇！对不起！”

屁股撞到地面的琴吹同学泪眼婆娑地瞪着我。

"哼!"

糟糕,她生气了。

气氛开始变得尴尬时,我看见一只黑色的小生物从琴吹同学身边迅速掠过。

"啊……蟑螂。"

"呀啊啊啊啊啊啊啊啊!"

琴吹同学发出更惨烈的叫声扑到我身上。

汗水和洗发精的味道轻搔着我的鼻腔,纤细的手腕紧攀在我肩上。

琴吹同学把她小巧的脸埋在我胸前,害怕地抖个不停。

"琴吹同学,你也怕蟑螂啊。"

"应、应该没人喜欢吧……"

"呃,那个……"

我有点犹豫地说。

"琴吹同学"

"呀! 什么!"

她依然害怕地把脸贴在我胸前。

怎么办? 我想了又想,觉得还是告诉她比较好。

"内裤露出来了。"

"!"

琴吹同学猛然抬头,往后一看。

她发现自己的裙子翻到腰间,完全露出了屁股和内裤,不由得发出无声的惊呼,立即用双手把我推开。

"唔——"

她哭丧着脸把裙子拉好,然后走到房间对面的角落,背对着我抱住自己的头。

“讨、讨厌！讨厌！笨蛋笨蛋！差劲透顶！”

“对、对不起。”

这种事还是直接告诉对方比较好吧？可是，一不小心就会被当作色狼了……

话虽如此，但是我真的看得一清二楚，白色和粉红色的条纹……

(啊……)

就在这瞬间。

在摇曳不定的烛光之中，我的脑海浮现了一幕场景。

在一个刮着初冬寒风的日子。

银杏叶在人行道上翩然飞舞。当我跑得上气不接下气时——

难道……

我倒吸了一口气，喃喃说道：

“你说的校徽……难道是……”

没错，飘舞着金色叶片，通往图书馆的道路上……

“那个……是指‘裙子破掉’的事吗？”

背对我生闷气的琴吹同学，闻言满脸通红地转头。

她撅起嘴巴，又羞又怒地瞪着我。

“差、差劲……”

她懊恼地啐道，又面向墙壁缩了起来。

“为什么……看到内裤才想起来？真差劲……差劲透了……”

啊，果然是这样。

琴吹同学就是当时的女孩。

在我初二那年的冬天。

有一位在制服外面穿了一件短外套的女孩，表情不太高兴地从我面前大步走过。

当时我被学校的例行公事拖了很久，所以正为了约会迟到焦急不已。

美羽还在图书馆等我呢，要快一点才行。

而我会注意到那个女孩，是因为她的裙子上垂直裂开一条缝，露出了白色和粉红色的条纹内裤。她每跨一步，灰色的百褶裙里就能看见若隐若现的条纹。

怎么办？我该不该告诉她？

可是，如果让男生提醒这种事，她一定会很害羞吧……

在我犹豫之间，女孩自己似乎也发现了，她摸了摸臀部之后，很紧张地往道路旁边移动。

她转动裙子，试着遮掩裂开的部分，又试着合拢它，好像十分苦恼的样子。

我突然想到，以前美羽裙子松开的时候，曾经用安全别针做了紧急处置，所以我从制服拆下校徽，走过去拿给那个女孩。

“那个……或许是我多管闲事，但是你可以用这个把破掉的地方别起来。没问题的，只是一下子的话还能掩盖过去。”

我已经不记得那个女孩的长相了。

因为是在那种情况碰到的，实在不好一直盯着人家看，而且我自己也很不好意思，所以应该没有跟她四眼相对。

女孩也很慌张，低头念着“咦”或是“唔”之类的声音。

等她接过枫叶形状的蓝色校徽，我急忙说句“再见”就跑走了。

“井上听到校徽还想不起来……结果偏偏是内裤……竟然是因为内裤而想起来……”

琴吹同学身体僵硬地背对着我。

她好像不想跟我讲话了，说不定一整晚都会这样喃喃自语。

真拿她没办法……

我苦恼地拿出手机，拨了琴吹同学的号码。

琴吹同学的外套口袋里，传出偶像歌手唱的俏皮情歌。

她吓了一跳，停止沉吟，然后掏出手机贴在耳上。

“……”

琴吹同学迷惘的气息透过手机传了过来。

“喂喂，我是井上，我想跟琴吹同学说话，请问现在方便吗？”

“……什、什么啊？”

她再度发出吃惊的吸气声，吞吞吐吐地回应。

我对着手机说：“我要向你道歉，虽然你给了我提示，我却一直没想起来。我不是不记得琴吹同学，而是因为当时觉得很尴尬，所以没有仔细看你的脸。”

“没、没什么……又没啥大不了的，我也不觉得这有多重要……”

“但是，你说后来每天都来见我又是什么意思？我们不是只见过那一次吗？”

琴吹同学紧张地缩起身体。手机里传来她紊乱的呼吸和犹豫的声音。

“那个时候……井上没说名字就跑走了。因为看到井上跑进图书馆，所以我……把裙子别起来之后……想向井上道谢……就去了图书馆……结果却看到井上跟一位绑马尾的女孩很开心地说话……”

放学后跟美羽一起在市立图书馆共度的时光，又浮现在我脑中。

在图书馆写功课是我们的固定相处模式。

琴吹同学断断续续地说下去：“你们并肩坐在桌前，气氛很融洽……我怕打扰到你们，所以没有出声叫你……但是，我回家之后就觉得很后悔，总觉得还是该道谢。

“隔天我也去了图书馆。虽然不知道井上在不在那里……总之还是决定去看看。

“然后我又看见井上跟那个女孩坐在一起，笑得很开心……后来我也经常看见井上跟那个女孩有说有笑，眼里只看着那个女孩，所以一直找不到机会……”

我讶异地问：“所以你是为了向我道谢才每天都去图书馆？”

“我真像个笨蛋。这样简直就是跟踪狂嘛……”

琴吹同学像是在对自己生气忿忿地说着，不过很快又转为软弱的语气。

“然、然后，对不起……虽然我不是有心偷听……总之我无意听见了你们说的话……我听到了井上的名字，还听到井上叫那位女孩‘美羽’……”

我愣住了。

“所以，你就以为美羽是‘井上美羽’吗？”

琴吹同学轻轻一颤。

她持续把手机贴在耳上，慢慢朝我转过头来，好像等着挨老师骂的孩子一样，露出可怜兮兮的表情。

“那个女孩……常常在活页纸上写东西，她还会拿给井上看。

而且我也听见，她说想要参加下次的熏风社新人奖……井上还说‘美羽一定可以成为最年轻的得奖者’——

“所以，当我看到新闻播报十四岁的初中生得奖时，惊讶得心脏差点停跳。那个女孩竟然真的得奖了。后来，井上和那个女孩突然不再去图书馆了，我才会认为她应该是井上美羽……”

琴吹同学的眼神和话语唤醒了过去的时光，让我感到心痛难耐。

用自动铅笔轻戳我的手背，以戏谑眼神看着我的美羽。

摇晃不停的马尾，清爽的肥皂香味，充满小小幸福的平凡生活。

心叶，你喜欢我吧？看着我的眼睛告诉我，你是不是喜欢我？是吗？我也很喜欢你喔。心叶有多喜欢我呢？

美羽总是像这样开心地戏弄我，还会把嘴唇贴在我耳边，轻声细语地说：“心叶，你对我来说是特别的，所以我只告诉你我的梦想喔。”

那一瞬间，我的脑袋好像沸腾了，心脏疯狂跳动，身体也快融化了。

——我想要投稿熏风社的新人奖。如果得奖的话，我写的原稿就会印刷出版喔。历年得奖者里最年轻的是十七岁，我真想比那个人更早得奖。

——如果是美羽的话，一定可以成为最年轻的得奖者。我会好好期待美羽的小说出版，你一定要第一个帮我签名，约好了哟。

美羽也笑嘻嘻地说着“你想得太远了啦”。

当时，琴吹同学也跟我们待在同样的地方。

她一直看着我跟美羽。

一直看着我们那段天真无邪的幸福时光——

我的喉咙涌起强烈的痛楚。

也难怪琴吹同学会误解。

最早开始写小说的人是美羽。我一直是美羽的读者，看着看着，也开始模仿她写些类似小说的东西，这件事我从来没有告诉美羽。

我完全没想过自己会变成十四岁的天才美少女作家，更没想过那些幸福的日子，竟然会那么轻易地崩毁消失。

在当时已经认识我的琴吹同学，用软弱的眼神看着我，让我更觉得难过。

我哑声说："你误会了。美羽不是井上美羽，井上美羽不是美羽……"

琴吹同学依然把手机贴在耳上，专注地看着我，等我说下去。

"美羽……井上美羽……"

我的声音哽住了，越来越觉得呼吸困难，抓着手机的手也开始冰冷。

琴吹同学叹息般地轻声问道："如果那女孩不是井上美羽……那她现在怎么了？"

这瞬间，一阵仿佛心脏被捏碎的激烈痛楚，伴随着暴风般的黑色幻影向我袭来。

初夏的顶楼。

摇曳的裙摆和马尾。

回过头来寂寞微笑的美羽，最后的话语。

——心叶，你一定不懂吧。

美羽后仰坠落，我惊声大叫。

就像散落的拼图一样，整个世界剥落崩坏。

沉重的记忆之门发出咯吱声缓缓开启，充满恶意的声音残酷地传来。

——像你这种人才不会没有发觉，是根本不想知道。

——你和井上美羽这种人，只会用自己的天真无知伤害别人。

不是的！别再说了！把美羽逼到绝境的人不是我！

啊啊，但是……

无形的手抓紧了我的心脏，掐住我的喉咙，令我几乎无法呼吸。

我是不是忘记什么重要的事了？

我是不是在心里上了一把重重的锁，故意不让自己想起来？

“井上！”

琴吹同学起身朝我跑来。

我跪在地上，一边颤抖一边重复短促的呼吸。

“你怎么了！你流了好多汗耶！”

“……我没事……谢谢你。”

“对不起，都怪我问了那种莫名其妙的问题……”

“不是因为这样，不是你害的。”

为了安抚愧疚的琴吹同学，我勉强咧开干枯的嘴唇露出微笑。

“我再也见不到美羽了。她搬到很远的地方，我们已经没有联络了……”

琴吹同学难过地深吸一口气。

我总算勉强压下了即将发作的症状，但是几乎撕裂胸口的后悔又紧接而来。

两年前的那天，从顶楼跳下的美羽保住一命。

下方有树木作为缓冲，而且她落下途中撞到单杠，减缓了下坠速度，因此美羽得以继续活在这个世上。

但是我有好一阵子无法判断她的情况，医院也禁止家属以外的人探望她。

后来她好不容易恢复意识，却留下了难以痊愈的伤口，无法再像从前那样走路或是自由操控手部动作，当我听到这件事时又再次坠入黑暗的深渊。

美羽怀着怎样的心情？为什么要从顶楼跳下？为什么要对我说那种话？她现在对我又是什么想法？

美羽会跳楼都是我害的吗？

我很想去见美羽当面问她，她却不肯见我，而我也害怕从美羽口中听见真相，怕得忍不住发抖。每天夜里，我都因为梦见美羽坠楼的景象惊醒，去厕所呕吐后回到床上又睡不着，就这么抓着床单直到天亮。

我好想见美羽。

但我又害怕。

怕到不敢见她。

我每天都带着极痛苦的心情去医院，每次听见柜台说我不能见她，我就感觉心脏仿佛受到千刀万剐、满是疮痍。

在我还没找到答案的情况下，美羽就搬家了，没有人知道她去哪里。

美羽什么都没对我说，就这样消失了。

在那之后，我罹患了突然无法呼吸的疾病在学校倒下，被救护车送到医院。接着我开始把自己关在家里。

出版社的人催促我出版第二部作品，但我却哭着大喊："我再也不写小说了！我讨厌小说，也讨厌井上美羽！我是井上心叶，不是井上美羽！"完全跟出版社断绝联络，井上美羽这个作家从此消失在世上。

至今已经过了两年多，我在这段期间从来不曾收到美羽的片言只字，也没有再听过她的消息。

因为美羽本来就跟班上女生很疏远，除了我以外没有其他要好的朋友……

我跟她一定无法再度相遇。

美羽没有原谅我，就这样消失远去。

琴吹同学带着沉痛的表情看着我。

她一定后悔不已，觉得自己害我想起伤心事吧？她握紧自己的头发，努力挤出痛苦的声音说："对……对不起……我为什么总是说些不该说的话呢……我既冲动又鲁莽，常常不知不觉地伤害别人，在初中的时候也因为脾气太差而被男生讨厌……老师也以为我个性顽劣，经常瞪着我看。真讨厌……我根本一点都没变，自己都觉得好可耻……我本来还一直希望，自己可以变得像夕歌那样又温柔又懂得怎么跟人相处……"

说完之后，她就难过地垂下头。

"琴吹同学的个性并不差啊，你在班上也有很多朋友不是吗？"

琴吹同学没有抬头，只是哽咽地说："那都是多亏了夕歌……

她从初中时就一直帮助我、鼓励我，经常跟我说‘七濑，多保持笑容比较好喔’……还会帮我跟别人解释‘七濑没有在生气’……她一直像这样给我建议。可是我只会依赖夕歌，在夕歌有困难的时候，我却一点都帮不上忙……”

微弱的烛光照着琴吹同学哀凄的侧脸，橘红色的火光在她白皙的脸上不停摇曳。

琴吹同学就跟我一样，也失去了重要的人。

平稳的日常生活顿时产生迥变。

受到这种冲击时，心中那种撕裂身体般的痛楚和绝望我也很清楚了。

为什么？

究竟是为何？

在那段时间里，美羽明明那么幸福地笑着。

我是那样深信，两人携手度过的平凡生活一定可以长长久久地持续下去——

无论我怎么问自己，就是得不到答案，我得到的只有无尽悔恨，还有治愈不了的伤痕。

现在低头抱膝的琴吹同学，就是两年前的我。

但是，有一点是不同的。

琴吹同学并非完全失去水户同学。

就像琴吹同学拼命找寻水户同学一样，水户同学也一直担心着她。水户同学失踪之后也持续传短信给琴吹同学，甚至还打电话给我，想必是因为不想伤害琴吹同学。

琴吹同学不是一厢情愿，水户同学同样牵挂着琴吹同学。

劳尔是教养良好的善良青年，他没有足以跟魅影对抗的力量。

但是从他勇闯地下帝国的果敢来看，如果能够正面交锋，或许他真的可以从魅影手中抢回克里斯蒂娜。

虽然我不知道，自己能不能胜任协助劳尔的波斯人角色。

从现在开始应该还来得及吧？

可是，只要走进地下帝国，就有可能暴露水户同学极力隐瞒的真相。

如此一来，琴吹同学就会知道水户同学一直在做的事，还有她今后打算要做的事。如果琴吹同学知道最要好、最引以为豪的朋友在做援助交际，而且还为了得到主角宝座威胁别人，她真的能够接受吗？

无论“真正的”水户同学有多么黑暗、多么悲惨，即使真正的她跟琴吹同学心中的她简直判若两人，琴吹同学都能继续把水户同学当作好朋友吗？

如果，换成是我的话……

尖锐的刺痛贯穿了我的胸口。

我是不是期望知道美羽的一切呢？

我期望知道美羽的“真实”吗？

当时的美羽为何跳楼？为何对我变得那么冷淡？为何不再跟我说话？为何开始一个人回家？为何用那种锐利的眼神看我，憎恨我？

她那寂寞微笑又是为何？

我真的想知道吗？

不管那是多么辛酸的真实？就算会有更胜从前的痛苦和绝望降临在我身上，把我打击到无法再次站起，我仍想知道吗？

即使我会无法承受伤痛而疯狂，我也想知道吗？

知道真相，也不见得绝对正确——

有个声音在我脑海轰然响起。

“你根本不想知道真相。你是个胆小的伪善者，只会假装自己是受害者，只会转头不看真实，持续地逃避。”

我感到伤口似乎被烧红的铁棒刺入，胡乱搅动而造成剧痛，令我喘不过气，几近昏厥。

别这样！别再折磨我了！

我好不容易恢复平稳的生活，好不容易快要忘记井上美羽的事情重新开始。真相不一定能让人得到救赎，有时还是不知道真相比较幸福。球谷老师不也这样说了吗？

没错，我是不想知道！我就是不想知道！

明明是这么痛苦——打开通往真实的门实在太可怕了，逼得人不由得害怕地塞住耳朵、闭上眼睛，低头忍耐。

我害怕知道美羽的心情，怕得不得了。如果知道美羽如何憎恨我，我一定没办法活下去。

琴吹同学坐在满心纠葛的我身边，把脸埋在膝间，肩膀不停轻微颤抖。

琴吹同学呢？如果是她的话，她会怎么选择？不管要承受多少苦闷和椎心之痛，她也想知道好朋友的“真实”吗？

如果是立场和我相同的琴吹同学，一定可以理解这种几乎把人推入无边黑暗的恐惧不安吧？我们都已经被伤得体无完肤，都无法继续承受更多背叛或是憎恨了。

我低声问道：“琴吹同学……如果……我说如果，水户同学并不是你想象中的那种人……你还是想要知道真相吗？”

琴吹同学惊讶地抬头看我。

“如果……水户同学犯了罪，或是背叛了你……你也想要知道吗？”

我想琴吹同学一定搞不懂为何我突然说这种话。

但是，从我细若游丝的声音、颤抖的嘴唇、哀求似的眼神之中，她一定察觉到了某种阴暗深沉的事物，因此她惊疑不定地望着我。

烛光摇曳闪烁，蜡烛燃烧的味道蹿进鼻中，寒冷的空气刺痛肌肤。

琴吹同学悲伤地垂下眉梢，轻声回答：“……我想要知道，我想帮助夕歌。”

我心中顿时情绪澎湃，觉得好想哭。

让我怕得不敢说出口的答案，她却理所当然地说了出来。

琴吹同学只是个无力对抗魅影，既爱逞强又爱哭的普通女孩，但是她却说想要知道真相，想要帮助别人。

这单纯却又强而有力的话语，让我心头一震，胸中陆续涌上爱慕、勇敢、祈求以及想要保护别人的心情，我不禁激动地抱住琴吹同学。

她冰冷的娇小身躯，在我怀里震惊地颤抖。

“井、井上……”

臣同学说的话再也无法动摇我了。

琴吹同学展露的勇气让胆小的我也毅然地重新站起。

是你让我明白的。

仿佛要紧紧抓住温暖、明确又可碰触的东西一般，我用力抱紧了琴吹同学。

“我们一起……寻找水户同学吧，请让我再一次协助你，拜托你，让我陪着你到最后。”

她犹豫不决伸出的小手，也紧抓着我背后。

琴吹同学点点头，哽咽地回答一声“嗯”。

在充满霉味和烟味的房间里，微弱的烛光熠熠生辉。

含泪相拥的我们虽然如此脆弱，但我觉得只要两人一起，或许就能变得坚强。

如果琴吹同学将会因为知道真实而受伤，到时我一定会努力撑住她。

我要和琴吹同学一起正视现实，找寻水户同学的真实到最后一刻。

“水户同学一定会在圣诞节前回来的，一定会遵守跟琴吹同学的约定。我是这样相信的。”

“嗯……嗯……”

琴吹同学落下的温暖泪水沾湿了我的颈项，但她还是不断点头。

“谢谢你……不管借我校徽还是这次的事……我一直……想要跟你道谢……一直很想跟你说谢谢……我也一直……注视着井上……”

她一边哭泣，一边嗫嗫地说。

“井上……是我的初恋。”

◇　◇　◇

我是从哪里开始失足的呢？

响彻云霄的歌声以及观众的喝彩，都没有带给我幸福，只带来了灾厄。

要不是因为渴求那种无法捉摸、虚无缥缈的东西，我也不会被魅影缠身。

才能对我来说根本没有必要。

真正有必要的，应该是我翻阅井上美羽作品时感觉到的纯净温柔心情，以及温馨平凡的日常生活。

很普通地上学、跟朋友聊天、读书、吃便当。

放学后跟他相约，一起去图书馆写功课、一起笑着。

在圣诞夜交换礼物，约定要永远在一起，两人十指交握。

如果能够过着那样平凡的日子就好了……

只要拥有每次碰触他的手都能感觉到的温暖爱情，还有看到七濑的笑容就会涌出的喜悦之情，我就能过得很幸福了。

七濑，七濑。

你如今在做什么？在想什么呢？

我一直在想念七濑，我最重要的人就只有七濑。

我希望七濑能过得幸福，希望七濑的心愿全都能够实现。

其实我很讨厌井上美羽，一直都很讨厌。不，不是这样的。只是看到太美丽的世界，会让我难过得无法继续翻页。

我已经脱下戒指了。

再也回不去了。

阳光对我而言太过炫目。

我无法继续压抑，我恨把我拖进污秽黑暗中的人们。

我要向他们复仇。

我要戴上面具成为魅影，追赶他们，把他们关在幻想的迷宫里，慢慢地耍弄他们，最后再给予致命的一击。

再怎么求饶都太迟了。就让他们听听，受尽屈辱、染上污秽、放弃继续当人的我口中唱出的吊唁之歌吧。

欺骗了我的天使，还有把我当畜生看待的男人们，是这些人让我变成魅影的！

每个人！我要诅咒他们每个人！

第六章

死与冰之歌

那天晚上，我牵着琴吹同学的手送她回家。

我们在黑暗的街道上缓缓走着，在我述说水户同学的事情之时，琴吹同学始终目光低垂，尽力忍耐。

她跟我相握的手不时若有似无地发抖，每次我感觉到她的颤抖，就会鼓励似的将手握紧，然后她也会战战兢兢地回握。

到了琴吹同学家门前，离别之时，她红着眼眶说：

“我相信今年也可以跟夕歌一起过圣诞节，因为，夕歌跟我永远都是好朋友。”

我依然联络不上球谷老师。

“不用担心啦，阿球那家伙一定会若无其事地回来。”

跟我约在大学附近泡沫红茶店碰面的妆子小姐苦笑着说。

“阿球是不会被常识啦、金钱啦、荣誉这种东西束缚的。在学生时代，每个人都挤破了头往上爬，只有他轻轻松松就能站在顶点，但是他却可以轻易舍弃一切。”

她放下拈着香烟的手，流露欣羡的眼神。

“我也……好希望生下来就像阿球那样啊。”

妆子小姐开玩笑般地说“因为当老师实在太累了”，然后开始说起学校的事。

“目前找了代打的演员来排演。虽然水户同学还是主角……但她当天如果没有出现，就会直接换代打演员站上舞台了。”

后来，麻贵学姐让我看了球谷老师在国外比赛得奖时的录像。穿着黑色燕尾服的老师，生气勃勃地站在舞台上引吭高歌。

麻贵学姐把手肘靠在跷起二郎腿的膝上，听得很出神。

“高音的伸展很棒吧？他小时候就在唱诗班里唱歌，后来还被誉为有着天使的歌声……虽然我只听过他那时期的CD，但是那银铃般的清脆歌声，真的是非常美的女高音喔。”

听到“天使”这个词汇，让我心中一惊。

麻贵学姐的嘴边浮现了微笑。

“在艺术的世界里，偶尔会诞生一些不得了的怪物。虽然我个人对此不太有兴趣啦……东洋人在西方人的眼中又很难看出年龄，大概是因此才取了不会长大又没有性别的天使作为绰号吧。”

没有性别……非男也非女——这么说来，球谷老师的确有一种中性的气质。难道水户同学的天使就是老师吗？

“不管怎么说，如果水户夕歌是‘音乐天使’选出的歌手，她就一定会在发表会上现身。”

麻贵学姐或许知道些什么，但是个性刚强的她绝不可能松口。

臣同学一直请假没来上学。虽然琴吹同学说“臣同学本来身体就不太好”，但我认为一定不是因为这种理由。

他跟球谷老师间应该有某种关系。而且他从何得知我就是井上美羽？这件事我也非常在意。

“对了，琴吹同学，你有没有收到什么奇怪的短信？我听森同学说，你以前在保健室里提过‘魅影’耶。”

琴吹同学突然变得满脸通红，焦急地说：

“那、那是……因为我收到类似幸运连锁信之类的东西，觉得很害怕，就跟魅影的事联想在一起。明明是很普通的恶作剧，我却被吓到了。不过我已经没事了。”

我觉得她会那么震惊，应该不只有这些理由吧……但我还是想要努力守护着撅嘴逞强的她到最后一刻。

水户同学究竟会不会出现在发表会上——

眼看圣诞节已经迫在眉睫。

远子学姐把食指点在唇上，认真地听完我的叙述。

“周日刚好跟校外模拟考撞期耶。”

她不甘心地说。

“远子学姐还是想考国立大学吗？”

“当然啊。”

“那你还是忘记发表会的事，回去拼命念书吧。”

“唉！真让人忍不住叹息！真是的，下次我一定要拿到C等级！”

“就算拿到了，也还没进入安全合格范围吧。”

就这样，到了发表会当天。

街道上已经充满圣诞节的气息，到处播放着圣诞歌曲，就连走在街上的人们都显得喜气洋洋。

发表会十一点开始，我们提早三十分钟就到达大学里的音乐厅。虽然只是学生发表会，但是宽广的大厅到处摆满附上名牌的花篮，柜台也堆满花束。

琴吹同学也抱了一束蓝色蔷薇在怀里。

“那些蔷薇好蓝啊，我没看过这种颜色呢。”

琴吹同学有点不好意思地说：“这是夕歌最喜欢的花，所以我在网络上买了一束。这不是蔷薇真正的颜色，而是用蓝色颜料染成的，花语是‘神的祝福’。”

琴吹同学穿了以缎带装饰的洋装，外面搭上外套。或许是因为这样的打扮，今天的她感觉比平常还可爱。

“神的祝福啊……很不错的意思呢。”

“嗯，夕歌在十七岁的生日收到男朋友送的蓝色蔷薇，她高兴极了，还用手机拍了好几张蔷薇的照片传给我看呢！”

“水户同学一定会很开心的。”

“真是这样就好了……”

我请柜台帮我广播找妆子小姐，她脸色疲惫地出现了。

“水户同学还没来喔。”

妆子小姐的语气十分苦涩。

她眼下出现了黑眼圈，肌肤也黯淡无光，好像非常没有精神。她一定心急如焚地在后台等水户同学出现吧。

我告诉妆子小姐，等演出结束我们会再过来，然后就向她道别了。

“等到发表会结束，应该可以去后台见水户同学，到时再把花拿给她吧。”

“……嗯。”

琴吹同学非常失望，整个人变得无精打采，她抱在怀中的蓝色蔷薇也随着她的脚步摇摇摆摆。

我们的座位在二楼的第一排。

球谷老师应该也来了吧？还有臣同学也是。

我四处搜寻场内，但是观众太多根本无从找起。

场内终于放起“请关上手机电源”的广播，室内光线变暗，开演铃声响起。

歌剧《图兰多公主》正式开场。

中国皇帝的女儿——图兰多公主拥有残忍的性格，每次有男性向她求婚，她就会出三道谜题，若是回答不出就得斩首示众。因战争而流离失所的王子卡拉富，看到波斯王子被处刑的景象，对冷酷的公主感到义愤填膺。

但是当公主出现在高楼上，他立刻被公主倾国倾城的美貌深深吸引，因此不顾旁人阻止，决意向公主求婚，请公主出谜题让他猜。

饰演卡拉富王子的男性，是非常有名的职业歌剧歌手。在掩上夕暮的皇宫布景前，华丽的男高音唱起小喇叭般洪亮的歌声。

我全身充满热情，全身充满渴望！

这感觉无比煎熬！

我每一根心弦，

都只喊着一句话，

图兰多！图兰多！图兰多！

太厉害了！

虽然音响也有加分效果，但是真没想到人的声音竟然可以如此高亢，简直就像乐器一样嘛！

歌词虽是意大利语，但我事前已经知道内容了，所以所有场景大概都看得懂。剧中人物的喜怒哀乐各种情感借由歌声传出，夹带着强烈力道敲击我的心。

图兰多公主还要很久才会上场。水户同学真的会出现吗？

我感到太阳穴隐隐作痛，觉得时间久得像停滞了一样。

抱着蓝色蔷薇的琴吹同学，以祈祷般的眼神专注地盯着舞台。

第一幕结束了，第二幕开始时布景换成城中景象。

奉公主命令行事的大臣们喟然兴叹，众多人群聚集在城内广场。皇帝与卡拉富王子开始上演对手戏。

皇帝对卡拉富提出忠告，要他最好立刻离去，但卡拉富却毅然决然地高歌。

天子啊！我衷心希望，能够挑战这场试练！

啊，就快到了。

我的手心冒出冷汗，呼吸变得急促。

图兰多公主就快上场了。

舞台中央搭了一座高耸的楼梯。

上方打下聚光灯，一旁开始合唱。

公主殿下，请出来吧！

让我们一睹您的光彩吧！

琴吹同学探出上身，我同样目不转睛地凝视着楼梯，心想图兰多一定会从布景之中上升登场。

但是，图兰多并没有出现。

其他观众大概也觉得奇怪，场内掀起一阵细语的浪潮。

难道水户同学没有赶上吗？

这时，从大家意想不到的方向传来了清澈响亮的歌声。

那是一楼观众席的后方。

一位少女走在观众席中央的走道，慢慢往舞台前进。

那威严让空气几乎为之冻结，身后拖着金碧辉煌的长长衣摆，头上戴着大大的金色头冠，留了一头美丽乌黑长发的少女——

杀戮的公主，图兰多！

观众席传出惊呼。

图兰多的脸上，紧紧覆盖只有上半部的白色面具。

但是，支配了音乐厅的女神很快就以歌声消弭了众人的困惑。

那歌声就像乘着透明的羽翼，一边闪烁一边飞向遥远天边那样悠扬辽阔！

强劲又厚实的高音，带着丝毫不见衰减的惊人威力，以冲破音乐厅墙壁和大厅门口的汹涌声势传出。

这座宫殿，在千年前的往昔，

响彻了绝望的呼喊。

那呼喊传过子子孙孙，
此刻，寄宿在我的灵魂里！

那完全是超越人类认知的歌声！就像只应出现在天上的乐器，奏出至高无上的美妙歌声。

图兰多被称为沾染鲜血的公主、呼唤死亡的公主、冰之公主。然而她的歌声却像天顶流泻的光芒一样璀璨透明，又拥有钢铁般的强韧，因此让图兰多这位少女不再像是满手血腥的杀戮者，反而像是纯白无瑕、至高无上的人物。

不许人类男性碰触，美丽纯洁又毫无慈悲的少女。

她到达舞台中央以后，所有聚光灯打在她身上，带着狂乱气息的高亢歌声传遍了音乐厅的每个角落。

她要替那位从前被异国国王掳走，最后受辱而死的公主报仇，因此绝不肯让自己成为任何人的所有物。

我要向你们所有人复仇，
为了那纯洁无瑕的公主，为了她的叫喊，为了她的死！

无论是谁都无法得到我！
对于杀她之人的憎恨，活生生地存在我心中！

不，不！无论是谁都无法得到我！

她的声音到底能升得多高啊？

音域越高，力道也越见增强，仿佛自由地展翅飞向天际。

我并没有上过声乐相关课程，对歌剧也不甚了解，但是，这歌声把全场观众拉进了热烈的幻想漩涡之中是毋庸置疑的。

图兰多的歌声缠绕着卡拉富的歌声。

女高音和男高音，两个声音仿佛互相压制，浩浩荡荡地一同冲向天上。

卡拉富的歌声停歇之后，图兰多的歌声就像想要展示两人间力道的差距，继续往上攀升。

第二幕就快要结束了。

图兰多提出的三个谜题，卡拉富漂亮地一一解开。

即使如此，图兰多依然抗拒着卡拉富的爱情。对于顽固的她，卡拉富也提出一道谜题，要她在黎明之前猜出自己的姓名。

如果公主猜到他的名字，他就自愿一死。

你不知道我的姓名。

在黎明之前猜出我的名字，

若是猜对我将会在黎明赴死！

图兰多同意了。

布幕拉下，音乐厅里充满了爆裂般的掌声与欢呼。

观众全体肃立，为这场演出心荡神驰。

宣告将有二十分钟中场休息时间的广播，被暴风般的热烈掌声遮住了，只能断断续续地听见。

琴吹同学脸色发青地站起。

“我……我要去后台！我没办法忍到演出结束！”

我怀着焦虑不安的心情跟琴吹同学一起走向后台。就算不能进入，至少也能看看水户同学的模样。

但是，我们到达之时，后台正骚动不已。工作人员在敞开的门里跑进跑出，大叫着："还没找到水户同学吗！"

"没有，厕所和大厅也找不到人！"

"哪有主角丢下舞台失踪的啊！"

"渡边同学，为防万一，你先做好上台准备吧！"

"是、是！"

我们惊讶地面面相觑。

水户同学又消失了吗？

下一瞬间，我们一起跑了出去。

一定要找到水户同学，说不定她还在附近！

在哪里？该往哪里找？

我们漫无目的地在走廊上狂奔，我大叫着："琴吹同学，你拨水户同学的手机看看！"

抱着花束的琴吹同学从口袋拿出手机，急速动起手指。她怀中像海洋一样湛蓝的花瓣纷纷落在地上。

"不行，没有接听。"琴吹同学说道。

就在此时——

熟悉的圣诞歌曲传进我的耳中。

这是《Santa Claus is coming to town》。

琴吹同学大吃一惊。

我们不顾一切地冲往传来声音的方向。

花瓣一片接一片地掉落。轻柔的旋律不曾终止，依然继续演奏。

从正前方的门里传来!

我们转开门把冲进去,发现里面是储藏室。左右两边都是架子,到处堆满了纸箱。

在那之中,有位身穿鲜艳衣裳戴上面具的少女,正在努力拉开缠住脖子的黑色围巾,身体缩成了一团。

看到从背后绞住少女脖子的人,我们都吓呆了。

为什么会是“她”!

戴面具的少女脚下一滑,她单手抓住架子一角。头冠的垂饰叮当作响,红色衣袍翻起。朴素的黑色围巾紧密缠住她纤细的脖子,往后拉紧,少女的唇中吐出痛苦的喘息声。

“快住手!”

琴吹同学丢下蔷薇花束,扑向绞住水户同学脖子的那个人,我也从背后抓住那人的手试图阻止。

“不要妨碍我!”

呼吸急促、神情狂乱转头的人,就是镜妆子小姐!

“我是那样疼爱你,看到你家里陷入困境还帮你介绍好客人。可是,你竟然背叛我!”

妆子小姐非常激动,眼中好像完全看不见我们。

她细长的美丽眼睛里燃烧着愤怒和憎恨,满脸通红且咬牙切齿地紧抓着围巾两端。

为什么?为什么妆子小姐会如此憎恨水户同学?

她说帮忙介绍客人,又是什么意思?

难道说……

我高声大叫："是你介绍水户同学去做援助交际的吗？妆子小姐！"

妆子小姐的手放开围巾，向后倒下。

琴吹同学"呀"地尖叫一声，我们同时跌坐在地上。

妆子小姐后背用力撞上架子，发出呻吟。

她靠在架子上，耸着肩膀喘气，低声地说："嗯……是啊，因为我也是像这样靠自己的力量赚钱，才有办法继续学音乐。"

"！"

琴吹同学倒吸了一口气。

妆子小姐也不拨开落在脸上的头发，眼中闪烁着慑人的光辉，继续说着："想要走音乐这条路是需要很多钱的。不只是学费，还有置装费、教材费、发表会的门票销售基本额，其他还有个人进修课程、留学费用等等，花钱像流水一样，不管多少都不够用。所以我才会帮穷困的女孩们介绍能赚钱的好工作，我也建立了网站，聚集了可以信任的客人。"

网站的管理者竟然就是妆子小姐！

这个事实让我震惊得全身发抖，琴吹同学也睁大眼睛、表情僵硬。

"但是，即使像这样出卖自己身体继续用功学习，也没有一个人成功当上音乐家。大家都在半途受挫，陷入绝望，受尽创伤，最后终究放弃了梦想……就像我一样。"

她痛苦地咬着嘴唇，扭曲面孔，之后又转为锐利的眼神。

"但是，为什么？为什么你可以唱出那种歌声？

"听到你在大家面前唱'夜之女王的咏叹调'时，我简直不敢相信。简直太完美、太令人惊愕了。这女孩跟我、跟之前的女孩们都不一样，说不定她真的会成功——我想到这里，就觉得又害怕又可恨。”

她冷冽阴沉的眼神捕捉着蹲在墙边的水户同学，干燥的唇中吐出愤恨的话语。

“每一个‘椿’都非得绝望不可！就像我这个最早的‘椿’一样！我绝不允许你自己一人成为特别的‘椿’，这太不公平了！”

妆子小姐抓起放在架子上的大剪刀，往水户同学冲过去。

“夕歌！危险！”琴吹同学尖叫。

剪刀掠过水户同学的脸庞刺上墙壁，擦出火花。

妆子小姐再次举起剪刀，憎恨地说：“你才没有资格穿上这么漂亮的衣服站在舞台中央！”

“不要啊！”

琴吹同学冲过去用手肘撞她。

“琴吹同学！”

水户同学的假发被剪刀削下一束。

乌黑的长发像蛇一样扭曲落在地上，妆子小姐趁势扯破了水户同学的衣袖，露出她白皙的手臂和肩膀。

“你背叛了我，背叛了所有的‘椿’！”

妆子小姐神情狂暴，旁人完全无法靠近。

这时，我看见妆子小姐身后的门口附近出现了一位身穿西装的男性。

球谷老师！

站在那个位置或许可以从背后抓住妆子小姐。

就算不行，或许也能出去求救。

但是，球谷老师动也不动，他只是以冷漠的目光望着这幕乱象。

简直就像戴上面具一般，毫无表情的漠然面孔。

为什么？为什么老师没有反应。

妆子小姐把水户同学推倒，整个人骑上去，疯狂地撕裂她的衣服。

“你不需要这种衣服！不管你怎么掩饰，椿终究是个肮脏的妓女！不管是我或是你，都一样污秽不堪！”

薄布发出噼啪的声音破裂，露出里面的肌肤。

白皙的咽喉、胸，还有腰！

我们难以置信地看着水户同学。

藏在衣服底下的不是少女柔软的身躯，竟是少年结实的身体！

“怎么会……”

妆子小姐的手无力垂下，原本被憎恨扭曲的面孔浮现了强烈的困惑。

“怎么回事……！什么时候换掉的？水户同学跑到哪里去了？”

这时，应该空无一人的门口传来声音。

“这件事魅影最清楚。”

从愕然的球谷老师身边经过，摇曳着长辫子，凛然昂首走进房间的人，就是身穿制服外搭深蓝色外套的远子学姐。

第七章

阴暗的土里

“远子学姐，你怎么会在这里？你不是要参加校外模拟考吗？”

远子学姐红着脸，吞吞吐吐地对吃惊的我说：“对不起。因为我很在意……所以在半途跑过来了。”

我听完觉得一阵晕眩，身为考生而且只拿到 E 等级的人，跑来这里干吗啊！

远子学姐张开右手，蓝色花瓣从手中纷纷掉落。

“我是跟着这些花瓣才找到心叶你们的。”

球谷老师和琴吹同学都呆住了。

妆子小姐站起身来，瞪着远子学姐。

“……你是谁啊！”

远子学姐挺起扁平的胸部，清晰地回答：“正如你所见，我是‘文学少女’。”

这种自我介绍八成超出妆子小姐的理解范围吧？只见她目瞪口呆地陷入沉默。

狭窄的房间里充斥着尴尬的气氛。

呆立不动的妆子小姐好一阵子才回过神来，扭曲着面孔，挤出喘气般的声音说："你刚刚说这件事魅影最清楚？那是什么意思？这男孩到底是谁？"

身穿破衣、脸戴面具的少年并不遮掩裸露的胸膛，依然衣衫不整地瘫在地上。

是啊，他到底是谁？

对着迷惑的我们，远子学姐悠然说着："要说明的话还得费上一番工夫，因为关于水户夕歌这个女孩的故事，有太多复杂纠结的情感与心思，直接看是很难看懂的。

"不过，代替主角的演员已经上场了，他不需要再回台上了。既然时间充足，我就用文学少女的角度来解读这个故事吧。"

我们所在的这个空间，像被某种不可思议的力量支配了。

远子学姐以流水一般清澈的声音开始说话，妆子小姐、球谷老师、琴吹同学都屏息凝视着她。

"这个事件的开始，跟卡斯顿·勒胡（Gaston Leroux）的《歌剧魅影》是类似情况。

"勒胡是一八六八年出生的法国人，最早是以法律学者和新闻记者的身份大为活跃，在三十岁后改当作家，陆续创作了被誉为密室推理名作的《黄色房间之谜》以及其他作品。同一时期还有亚森·罗平系列（Arsène Lupin）的作者莫理士·卢布朗（Maurice Leblanc），两人同被称为名作家。

"勒胡在一九一〇年发表的作品，就是描写住在歌剧院地下戴着面具的男人，以及受他黑暗热情所牵连之人的《Le Fantôme de l'Opéra》——《歌剧魅影》。

“水户同学很喜欢这个故事，她以前也说过想见到‘音乐天使’。

“这样的话，她就可以像女主角克里斯蒂娜一样，借着某人的秘密教学，让自己的歌唱才能开花结果。

“另一方面，水户同学的身边也有一位跟克里斯蒂娜的情人劳尔一样立场的男性。

“水户同学没有告诉自己的好朋友小七濑，待在圣条学园里的此人叫什么名字、是怎样的个性，反而给了三条提示。”

远子学姐缓缓竖起三根手指。

“一、九人家庭。

“二、喜欢喝咖啡。

“三、想事情的时候习惯绕着桌子走。

“你们一定觉得九人家庭是很重要的线索吧？

“但是，这些提示并非真的在描述她的男朋友。”

以前远子学姐也说过，她不认为水户同学的男朋友家里真的有九个人。

远子学姐对着出神倾听的我们说出一本书名：

“有一本书叫做《爱的一家》(Die Familie Pfäffling)，在日本已经绝版了，所以近年可能没什么人听过。这本书在一九〇六年出版，作者是安格妮丝·萨帕(Agnes Sapper)，是位德国女作家。萨帕是五个孩子的母亲，她以自己的经历，写出了沛夫林一家中父母和七个孩子们温馨生活的故事。

“这本书里描写的父亲，虽然个性有些急躁，却是个开朗又诚实的可爱人物。虽然他很喜欢喝咖啡，但是因为家中穷困，只有祭奠的时候才能喝到。还有，他在思考事情的时候会绕着桌子走来走去，所以引起寄宿他家的妇人注意。”

远子学姐加重了语气。

“九人家庭、喜欢喝咖啡、绕圈走的习惯——这些都跟水户同学给的提示一样。水户同学看了不少外国的家庭小说，所以她也一定知道这本书。那么，水户同学想要借由这些提示表达什么呢？沛夫林家族的父亲，职业就是‘音乐老师’。”

她聪慧的眼睛直直望着球谷老师。

“水户同学之所以不说出男朋友的名字，是因为他并非学生而是老师。就算他们不在同一间学校里，老师和高中生谈恋爱的事情若是传出去，一定会给男朋友带来麻烦。圣条学园之中的男性音乐老师只有你——球谷老师。也就是说，你就是水户同学的劳尔。”

室内的气氛变得冰冷又紧张。

球谷老师原来不是水户同学的天使，而是恋人！

妆子小姐睁大眼睛，整个人呆住，琴吹同学也脸色发青地颤抖。

球谷老师眼中流露焦躁之情开口说话。他的语调不像平时那样温柔，而是显得粗暴。

“的确正如你所说，我跟水户夕歌是在交往。但是最近我们没有见面，她也没跟我联络了。她会不会是有其他的喜欢对象？譬如说私下教导夕歌的‘天使’——我们偶尔见面时，夕歌也总是在讲那家伙的事。”

阴沉的不安在我胸中骚动爬起。

为什么老师会带着如此冷漠的表情述说恋人的事呢？简直就像唾弃着某种令人憎恨的东西一样。

他跟在音乐准备室里对我们温柔微笑的老师，完全不像同一个人！

远子学姐问道："所以老师对天使感到嫉妒吗？就像劳尔对克里斯蒂娜和音乐天使的关系感到不安，产生强烈的焦虑。

"水户同学说过，因为男朋友要她辞去深夜的打工而烦恼不已，还说他会频繁地打电话找她，这些话小七濑都可以作证。

"老师是不是忍不住担心，水户同学会被天使吸引呢？因为她一直在你面前说其他人的事，所以你觉得无法原谅？"

"你有完没完！你说的全都是自己的揣测吧！"

几乎撕裂空气的尖锐叫声，令我们极受震撼。

球谷老师杀气腾腾地瞪着远子学姐，而承受着那种目光的远子学姐也以不输老师的音量叫回去："是啊，我只是个'文学少女'！我不是警察也不是侦探，我所说的话都是出自'想象'。但是，在水户同学失踪后，老师的行动实在太不自然了。那么一往情深的恋人突然失踪，为什么你不积极找寻？为什么叫小七濑去帮你整理资料？为什么特地让她看到发表会的门票？

"还有，你带高一女生去宾馆、把她丢在那里自己先走、在宾馆房间里走来走去好像在找寻什么，还有专注地看着桌子的举止都很不自然。"

远子学姐一说出杉野同学的事，我就看见老师的脸上出现受到打击的表情。

远子学姐固执地追问："老师为什么会盯着桌子看？是不是因为看着桌子，就让你回想起什么事？"

不祥的预感让我害怕得全身颤抖。

深沉的黑暗，从背后逐渐逼近。

"老师是因为有些事情一定得确认，所以才去宾馆吧？水户同学失踪那天传了短信给小七濑，说她急着打工，非得立刻出门不可。她的打工，就是陪伴付钱给她的男人——援助交际。

“老师大概是怀疑水户同学出轨，所以在监视她的期间发现了她的秘密吧？然后，那一天你以客人的身份在宾馆见到水户同学，所以你——水户同学的劳尔，因为嫉妒愤怒而变成魅影，抓着水户同学的头去撞桌子。”

“不是的！”

球谷老师的声音打断了远子学姐的话。老师面孔扭曲，手脚不停颤抖，充血的眼中交错着迷惘和激动的情绪。

黑暗——黑暗改变了空气的色彩。

“那是夕歌自己摔倒的！我叫夕歌别再做这种事，但她却不听。如果要做这种低贱的事，还有什么必要继续学音乐？

“但是夕歌却哭着说，她只剩下唱歌了。然后说天使还在等她，她一定要回去上课，就想要离开房间！”

我不禁愕然。

老师好像不知道自己在说什么了。他失去了理智，继续大喊：“我很生气地掐住夕歌的脖子，她在挣扎之间不小心滑倒，头撞到桌子角。夕歌流着血倒在地上，一动也不动。我很害怕，就丢下夕歌跑出宾馆了。”

铿锵一声，剪刀从妆子小姐的手中掉到地上。妆子小姐像是要制止自己尖叫，用双手遮住了嘴。

琴吹同学也脸色铁青地攀着架子。

我们都不敢相信也不愿相信，球谷老师竟然对水户同学做出这种事！

在混乱的我们面前，球谷老师持续改变原貌。他露出藏在面具底下，因为嫉妒和疯狂而显得狰狞的面貌，原本轻柔甜美的声音也已变得嘶哑难听。

“到了隔天，电视上没有出现宾馆发现尸体的新闻。我打电话到夕歌的手机也没有人接听，所以我假装成她的家人跟校方联络，才知道她无故逃学，也没有回宿舍。我开始变得有点奇怪，我一直想着夕歌去哪了？她还活着吗？还是死了？”

就在这时，有人用“椿”的名义寄来发表会门票。

当时老师的震惊，全都从他沙哑的声音表露无遗。

老师会以整理资料的名目将琴吹同学留在身边，是因为他知道琴吹同学和水户同学是好朋友，怀疑水户同学可能会跟她联络，所以要监视着她。会让琴吹同学看到发表会的门票，也是为了试探她有何反应。

老师在温和的表情之下，怀着焦躁、苦闷、烦恼的情绪，仔细地观察着我们的言行举止。

球谷老师既是劳尔，也是魅影！

老师以颤抖狂乱的声音继续说：“椿好几次寄了‘杀人犯’‘堕天使’的信息到我的手机和计算机，但是她本人却未出现在我眼前，我觉得好像被人玩弄于股掌之中。一定都是天使在操纵夕歌，是天使把夕歌从那个地方带走了。

“没错，全部都是天使的错！

“如果夕歌没有受到天使的吸引，如果她没有背叛我的话……

“我想要把夕歌从天使的手上救出来！但是，我却‘没有赶上’。夕歌已经被天使拖进地下王国了！”

老师瞳孔放大高声叫喊的模样，让我心痛欲裂。

球谷老师一定不是故意伤害水户同学吧？

老师憎恨的不是水户同学，而是夺走水户同学芳心的天使。

老师大概不知道水户同学父母自杀的事吧？或许他也不知道欠债的事。

所以，老师无法理解水户同学的心情。

他不理解为什么水户同学就算做援助交际也要继续学音乐，他只认为是天使害水户同学改变了，所以憎恨着天使。

他会带杉野同学去宾馆，也是因为后悔丢下水户同学自行离去，所以想要确认水户同学的生死吧？

老师其实想拯救水户同学吧？所以他才会盯着桌子，神情严肃地喃喃自语，说着“没有赶上”。

一定是这样，老师不会是坏人、不会是堕天使。老师、老师他……

这时旁边响起冷漠的声音。

“背叛的人不是我，而是你吧？敬一。”

尖细澄澈的少女声音。

穿着破裂衣服站在墙边，发出这冰雪般美丽声音的是戴着面具的少年。

“夕歌……”

琴吹同学愣愣地念着。妆子小姐也像是看见怪物似的，惊恐地盯着他的嘴。

远子学姐紧抿着嘴，表情严肃地站在原地，我感到脸上冰凉，仿佛有只寒冷的手拂过。

他的声音，很像我以前在手机听见的水户同学的声音。

那不像是经过变声期的少年声音，而是尖细澄澈的少女声音。

“!”

球谷老师的脸孔激烈扭曲，仿佛发出了无声的惊叫。

就像杀戮公主图兰多的祖先在她体内苏醒一般，这瞬间，水户同学的灵魂似乎也转移到少年身上，用水户同学的声音对球谷老师说话。

“你杀害了我，让我的身体在寒冷的土里腐烂。”

我的全身扫过一阵寒颤。

到底发生了什么事？这是现实吗？

“骗人!”

球谷老师汗水涔涔地大喊：“宾馆里面没有尸体！夕歌没有死！她还活着，她在天使那里!”

少女的声音像尖锐的冰柱，冷冷地响起。

“敬一，你还是老样子呢。总是把自己的行为正当化，只会说些漂亮的场面话。那个时候也是这样，你骂我是个肮脏的女人，把我给杀了。”

“你胡说……”

“我没胡说。”少女的声音冷然宣告，“你掐住我脖子的时候，眼中因为自尊受创的憎恨和杀意像刀刃一样发光。对，就跟现在的你一样。”

“!”

“你知道当你丢着昏倒的我独自逃走之后，醒来的我是用怎样的心情擦拭地上的血迹吗？只想着如何保护自己的你，终究不会懂吧？

“你大概也不知道，我是用怎样的心情悄悄离开宾馆的。

“还有我如何吹着冷风走在夜晚的道路上……

“还有隔天早上在睡梦中咽下最后一口气的我，是怀着什么心情离开人世的……

“我的死因是因为头部的重击。

“即使如此，你还是想说你没有杀害我吗？”

球谷老师颤抖着嘴唇，喉中咕噜作响却说不出一句话。

琴吹同学用害怕又迷惘的眼神，看着少年用好朋友的声音述说她的死亡。

他说的话是真的吗？

水户同学在宾馆跟球谷老师见面的隔天早晨，真的断气了吗？

我喉咙震动，脑袋像是麻痹般地发烫。

如果真是如此，那琴吹同学该怎么办呢？她一直相信水户同学圣诞节会回来，一直苦苦等待啊！

戴面具的少年举起纤细的手臂，指着球谷老师。

就像高歌着永不饶恕男人罪过的图兰多公主，他以清澈的声音冷酷地说：“你是傲慢的路西法。你的罪孽还不只是杀害了我。

“敬一，你是不是教我错误的唱歌方式，想要毁了我的歌喉？”

球谷老师的脸上出现前所未见的剧烈震撼。

我们也惊愕地屏息。

老师竟然想要毁掉水户同学的声音！这种事、这种事怎么可能！

“不是的，我是……”

老师露出怯懦目光退后几步。但白色面具底下如刀一般锐利的视线紧盯着他，少年难掩激愤的声音，毫不留情地责备老师。

“你只是嫉妒天使跟我的关系！你也嫉妒我的才能！你憎恨启发我天分的天使和我，所以杀死了我！”

老师抬起头来。

“不是这样的！我是因为不想让夕歌越来越沉溺于唱歌。

“夕歌确实有一副好嗓子，但是这种人在那个领域里多得随处可拾，就算因为运气好而成功，也只像昙花一现。到时一定会失去一切，饱尝撕裂心胸的绝望。我就是这样！”

老师像是泣血般地吼叫。

一边颤抖一边说话的老师，脸上布满沉重的伤痛与苦恼。

“我小时候被人称作天使，被大家捧为天才，但是到了变声期转成大人的声音之后，大家却说我的技巧虽然还是一样优秀，但声音好像缺少了什么，小时候的光辉已经消失了。

“就算如此，我还是拼命努力着！我深信总有一天，可以得到比失去的声音还要美妙的声音。

“就在那时，我到巴黎留学，听到了真正的天使歌声。”

这是怎么回事？除了老师以外，还有被称为天使的歌手？而且还是“真正的”天使？

老师扭曲着脸孔。

“那种声音……经过变声期的男性绝对发不出那种声音——像闪亮的光球一样流转自如的清朗声音，我已经丧失的澄澈声音。

"听着那个歌声，我才意识到，我真正想要的东西是我已经失去的女高音唱腔，男高音对我而言只不过是赝品。"

妆子老师哀嚎似的大叫："怎么会！你的男高音是那样美丽透明，是那样悦耳动人！参加比赛也得了奖，在专业舞台上也非常活跃，大家不知道有多羡慕你啊！"

妆子小姐出卖肉体赚取学费，却还是无法实现成为歌手的梦想，为了复仇还引导学生跟她一起堕落，球谷老师的发言听在她耳里，想必造成极为强烈的冲击吧。

对妆子小姐而言，球谷老师像是轻松伫立于她伸手难及的高处，他就等于才能的象征。

"那种无趣的男高音，我根本就不屑一顾，一点价值都没有！比赛也一样，那种奖项不要也罢！只要我还能像从前那样唱出女高音，如果可以再像那时一样唱歌……不对！"

球谷老师痛苦地皱紧眉头，挤出声音说："就算……我还是个少年，也没办法唱得那么好。我的男高音不是赝品，我自己才是赝品。面对那个声音，我不过是个假冒的天使，已经成为大人的我永远无法超越那个声音。再也没有比这更悲惨的败北了。

"当我明白这点的时候，就觉得像是被推下万丈深渊。

"但是，我还是忍不住渴求那种声音！我不断去看音乐会，不断听那个声音，每次都感到绝望。我再也受不了了，饶了我吧！世上最憎恨的东西却也是世上最爱的东西，我好想从那无尽的痛苦之中解脱。

"就在那时，在天使的音乐会上，有一位老音乐家割腕身亡了。"

那位音乐家为何选择死在那个地方呢？

他也是因为见识到真正的才能所以感到绝望吗？还是想要让

美丽的歌声围绕着自己人生的最后一刻？老师现在依然不懂。

但是，在这事件之后，陆续有人听着天使唱的赞美诗CD而自杀。因此天使的音乐会全数中止，唱片行也自律地将CD下架。

就这样，天使在人前消失了。老师颤抖着说。

我感受着胸口强烈的疼痛，看着这样的老师。

——想要成为艺术家的人，大家都一样胆小，一样缺乏自信，内心不断产生动摇。

——即使被人称赞拥有才能还是会遭受挫折，迷惘痛苦得不知该怎么办。即使如此还是无法放弃，内心病得越来越重，像这种人我也看过不少了。

那些话，说的就是老师自己吗？

球谷老师用颤抖的手脱下手表，底下露出了刀刃割过的伤痕。

老师也曾经在听天使的赞美诗时试图自杀。但是他没有死，后来他放下身边一切，不跟任何人说一声就出外旅行。

“我想要忘记天使的事。但是，不管我离巴黎再远，当时的歌声依旧盘旋在我耳里挥之不去。那个声音追逐我到任何地方，我一定是在第一次听见那歌声的时候就被诅咒了。那不是天使，而是把人引向毁灭的魅影歌声！回到日本之后，我以为总算、总算不会再听到那个歌声了……”

老师垂颈抱头，声音微弱地说："我跟夕歌刚开始交往时，她还是个开朗温柔的平凡少女。她虽然想要成为歌剧歌手，但是一直苦于无法进步，总是迷惘地歌唱着。我爱的就是这样的夕歌，跟我一样不是天才，只是普通人的夕歌。

"然而，夕歌却因为遇见了天使而改变。和我的话相比，她更相信天使说的话，还改变了唱歌的方式。

"听到她唱歌的时候，我几乎吓得魂不附体。

"夕歌的唱歌方式竟然跟天使一模一样。

"为什么！我到底做错了什么？为什么天使还继续追着我不放？他想要从我这里夺走重要的东西吗？我想要把夕歌带离天使身边，但是，终究没有赶上……"

突然间，"水户同学"激动地大喊："你只是在狡辩！你掐住我的脖子，自己逃走的事实是不会改变的！是你杀了我！是你杀了我！是你杀了我！"

老师捂着耳朵用力甩头，那冰冷的声音反复说着永恒持续的诅咒。

是你杀了我！

是你杀了我！

是你杀了我！

我突然有一种错觉，就好像美羽出现在这里，指着我的鼻子大骂似的。

是你杀了我，心叶！

我的胸口产生剧痛，像是被黑色漩涡卷入般的恐惧，逼得我忍无可忍放声大喊："别再说了！球谷老师不可能想要杀死水户同学，他只想跟水户同学一起平凡地活下去。老师真的不是坏人，而是跟我们一样脆弱而平凡的人类——”

请原谅老师吧。

请别再逼迫老师，别再责备老师了。

这番哀求的话语不是在为老师辩解，而是为我自己辩解。

我也同样不想伤害美羽。美羽讨厌的事，我一件也不愿做。

被美羽用那么冷淡的眼神瞪着、被她漠视，被她说了“心叶一定不会懂吧”。

那是必须接受从出生开始钳制四肢的处罚的大罪，我怎么可能犯这种滔天大罪呢！

基于自己的脆弱和狡猾，在眼前涌上黑暗的绝望同时，我还是用尽全力保护自己的心。

琴吹同学就在我身边啊！

她一直脸色发青地颤抖啊！

可是我竟然因为丑恶的自我保护，出言庇护对她好朋友下手的人！我真是差劲，太差劲了！

这时，球谷老师低声说着：“不要妄下评论，你根本什么都不懂。”

我仿佛脸上挨了一拳，陷入沉默。

球谷老师脸上沾染屈辱之色，燃烧着怒火的眼睛瞪着我看。

“什么平凡的生活，我一丁点都不想要。会以为没有比平凡生活更好的东西，那只是凡人的自我安慰……明知如此，我还是不得不这样想。这种悔恨、这种悲惨，像你这样无忧无虑的高中生怎么可能会懂！”

我、琴吹同学，还有老师，三人一起度过的温馨生活……

平稳的空间……

那些重要的时光、记忆，发出轰然巨响逐渐崩坏。

弥漫着肉桂香气的温暖蒸气后方，老师满足地眯眼微笑。

像香浓的印度奶茶一样，甜美的话语。

——跟喜欢的人相处的时间，比什么事都重要喔！

——我敢肯定地说，我对自己的选择一点都不后悔。只要有一杯茶，人生夫复何求？没有任何事物比得过平凡的日常生活。

我心中变得空洞，全身失去力量。

老师对我说的那些话，全都是谎言吗？现在老师吐出的丑陋言语，才是老师的真面目吗？

我是那样崇拜老师的自由不羁，还有他温柔的微笑……

"我才不想当有钱又善良的配角劳尔！就算被称作怪物，我也想当才华横溢的魅影！如果伤害别人、杀死别人就能成为魅影，不管要我杀多少人都行！但是，就算杀死了夕歌，我也还是戴着魅影面具的劳尔！"

这就是真实？

这就是真相？

多么地沉痛、多么地丑恶、多么地自私！

爱和信任竟是如此脆弱！

远子学姐眼神哀伤地说："劳尔并不是配角。他忠诚地爱着克里斯蒂娜又拯救了她，是这个故事的主角。《剧院魅影》如果没有劳尔就不完整了。因为有劳尔的光明，才能对照出魅影的黑暗啊！”

“这是诡辩，有谁真的在意那个优点只有教养良好的废物劳尔啊！劳尔只是个光鲜亮丽、虚有其表的凡人，只要站在真正的天才面前，就会变成无人理睬的可悲赝品！”

老师全身上下散发出绝望和疯狂的气息，眼睛像野兽一样发光，激昂地大吼、痛苦地低吟，然后再次咆哮：

“你们不会懂的，你们不会理解我的心情！谁都无法理解！”

——心叶，你一定不懂吧。

一直谴责着我的美羽幻影跟球谷老师的身影重叠，继续吐出带刺的话语。

“你们根本一点都不懂！如果没有听到夕歌那样唱歌——如果没有回想起那种歌声，或许我就可以继续欺骗着自己活下去了！

“是天使，是魅影破坏了一切！夺走了一切！我恨魅影！我绝不原谅魅影！”

老师已经听不见任何人的声音了。

就连“文学少女”的声音也无法传进他的心中。

老师指着戴面具的少年尖叫：“‘你’和对你倾心的夕歌都去死吧！我要诅咒你们！”

愤恨的话语将世界染成一片黑暗。

黑色漩涡般的绝望扰乱了我的心，敲击着我的脑袋。

是啊，我是不懂。老师的心情和美羽的心情我都不懂！我都不懂！我都不懂！

老师对我说过的话是如此特别，我是那么期望能向老师看齐。

现在看来，还是别知道真相比较好不是吗？

戴面具的少年拉起破裂衣裳的下摆，以熟练的动作抽出绑在腿上的刀子，而我只是呆呆看着这极不真实的一幕。

不管是谁都好，快来把这充满绝望的故事给结束吧！

此时，琴吹同学从我身边经过，向球谷老师走去。

琴吹同学拾起落在地上的蓝色蔷薇花束，紧紧抱在怀里。

她吊起眉梢、咬着嘴唇，带着一脸怒色举起花束，往老师的脸上猛然砸去。

“！”

像海洋一样湛蓝的花瓣纷纷飘散，花束啪的一声掉在地上。

花束掉落，底下露出了球谷老师沾着花瓣，茫然睁大眼睛的脸庞。

琴吹同学双手握拳，双脚不停颤抖。

她盈满泪水的眼睛瞪着老师，但是表情很快转为哀凄，泪水也滴了下来。

“！”

老师面露惊讶。

“夕、夕歌她……真的很喜欢老师，她还说过，因为老师在她生日时送了蓝色蔷薇……所以她才喜欢这种花。她还特地拍了照片传给我看，说是男朋友送她的蔷薇……寄了好几张……老师不是也喜欢夕歌吗？”

那不是憎恨、愤怒或是诅咒，是因为心系好友而发出的叫喊。

蓝色蔷薇是不是唤醒了老师那些幸福的回忆呢？

唤醒了他对水户同学的感情不只有憎恨，还有他们往日真心相爱的回忆。

老师的表情渐渐转成悲伤。

陷入狂乱，想要杀死劳尔的魅影，看到克里斯蒂娜为自己流泪的瞬间，第一次感受到欣慰和满足。

被无私爱情支撑的歌姬，泪水滴落在冰冷的面具上流进魅影眼中，跟他的泪互相融合，原本是只可怕怪物的他受到了强烈震撼。

——可怜又不幸的埃里克。

这个冠上魅影之名的悲哀男人，因歌姬的一句话得到救赎。

就跟那故事一样，琴吹同学的眼泪或许也触动了老师心中最柔软的部分。

球谷老师缓缓瘫倒在地。

叮铃……银色戒指发出清脆声响滚落。

老师惊讶地凝视着戒指。

戴面具的少年硬是压下激动的情绪，低声淡然说道，“……夕歌直到最后，都紧抓着这东西不放。”

老师用颤抖的指尖捡起戒指。

然后，他从西装口袋里拿出另一个戒指——相同款式的戒指。

水户同学在短信中很开心地说过，圣诞夜时跟男朋友交换了戒指。

她还说两人约定要一直戴着戒指，但是男朋友在学校戴戒指会被嘲笑，所以把戒指脱下藏起来。

在约会之前，他会急忙拿出戒指戴在手上。

她远远地看见了，就觉得很开心。

——后来有些让我很难过的事，所以我握紧他的手忍耐着。

——在我碰到他的手又轻轻放开的时候啊……我突然有一种好温馨、好崇高的心情，觉得自己真的好喜欢好喜欢他。

老师用快要哭出来的脆弱眼神，看着放在掌心的两枚戒指。

然后，用双手紧紧握住。

老师低头哭泣，能够温柔松开他双手的人已经不在了。

他终于发现自己失去了什么。

象征“神的祝福”的蓝色蔷薇花瓣散落在老师身边。

老师的所作所为实在不可原谅。

他说过的话也收不回来了。

但是，看着肩膀颤抖不停落泪的老师，我感觉到累积在胸中的黑暗悄悄地逐渐溶解。

远子学姐和妆子小姐也露出哀伤的表情。

琴吹同学用手背擦着泪水，像小狗般呜咽啜泣。

我还在迷惘自己是不是真有那种资格，心中疼痛欲裂——即使如此，我还是伸手抱住琴吹同学。

天使在不知不觉间消失了。

◇　◇　◇

害你哭了那么多次，真是对不起，七濑。

还有，无法遵守圣诞节的约定也很对不起……

我想，这应该是最后一次发短信给七濑了。

七濑说自己老是依赖我的帮助，其实不是这样哟。

我才是一直从七濑身上得到勇气。

七濑从以前就是个直率、笨拙，又不会说谎的女孩。虽然七濑经常被女生推派去向男生抱怨，老是要做吃力不讨好的事，但我就是喜欢这样的七濑。

那个时候，七濑说讨厌男生，也觉得男生都讨厌自己，但我一直相信，总有一天会出现一个明白七濑优点的男生。

所以，在初二的冬天，七濑慌慌张张地红着脸跑过来，对我说"教我怎么修眉毛"的时候，我真的把这当作自己的事一样高兴不已。

我一想到七濑为了喜欢的人想要变得更有女人味，还有我可以协助七濑变得更漂亮，就觉得好高兴。

七濑恋爱的时候真的很努力喔。七濑为了井上的事，有时高兴有时难过，有时犹豫有时反省，能够帮这样的七濑加油真的非常愉快。

多么可爱啊！我总是这样想。七濑好可爱，真的太可爱了，是全世界最可爱的。

我一直祈祷，希望七濑的心情能够早日传达给井上。

我经常说，如果我和男朋友、七濑和井上，可以一起双对约会的话该有多好。七濑每次听见都会害羞起来，真的很可爱。无法实现双对约会的梦想虽然有点遗憾，但我今后也会继续相信，继续祈祷七濑的恋情得以实现。

无法让夕歌回去，真是对不起。但是，夕歌现在幸福平静地唱着最喜欢的歌，所以请不用担心。

我以后也会一直把七濑当作好朋友。

我打从心底祈祷七濑能得到幸福。

今后七濑如果碰上伤心的事，一定要想起我送给你的魔法咒语喔。

七濑好可爱，真的太可爱了，是全世界最可爱的。

第八章

珍重再见

隔周的星期一，在闭馆时间刚过不久，我和远子学姐一起来到图书馆。

室内映照着寂寥昏暗的夕暮余晖。

柜台空无一人，阅览区也不见人影。竖耳倾听，似乎可以隐约听见敲键盘的喀嗒喀嗒声。

我们走向图书馆角落的计算机区。

结果发现臣同学沐浴在暮色中，熟练地敲打键盘。

他的眼镜反射出光芒，因此看不出他的表情。

“臣同学……”

我一叫他，他就停下敲着键盘的手，望向我们这边。

他的表情十分平静，看起来很沉稳，或许他已经猜到我们会来了。

“水户同学在哪里？你应该知道吧？”

“等我三分钟。”

臣同学低声说着，继续敲起键盘，最后按下回车键。

然后他关上计算机电源，站起来脱下眼镜。

“那里有点远，没问题吧？”

下电车时，我开始输入短信。从车站走了好一阵子，到达一间盖在草地上、渺无人烟的旧工厂。那里大门深锁，现在已经没人使用了。臣同学背对我们淡淡地说明，而我到此为止都在输入短信。

杂草丛生的土地上，只有一棵跟我们差不多高的圣诞树耸立在月光下。

——你现在到底在哪里？

——我在圣诞树里面，这里就是我的家。

我回想起手机里的对话，感伤逐渐在胸中扩散。

臣同学在圣诞树前停止脚步，蹲在草地上，打开了电源开关。然后装饰在树上的星星、水晶教堂、天使的羽翼都开始闪闪发光。

“水户同学……睡在这底下吧。”

远子学姐以渗透了悲伤的声音说着。

臣同学没有抬头，干涩地回答：“夕歌很喜欢圣诞树。我把圣诞树带来这里时，她真的很高兴。这些装饰品都是夕歌挂上去的。”

水户同学说过想要住在圣诞树里，所以臣同学为她实现了最后的愿望。

他平淡的语气，跟我在学校里听见的低沉声音、在音乐厅里听见的惊人高音、在电话里听见的少女凛然声音都不一样，是有点类似女性偶像歌手，既中性又不可思议的声音。

他到底拥有多少种声音呢？

昨晚我在家里用计算机调查了以前在巴黎被称为“天使”的少年。

年龄、出生地、经历全都笼罩在迷雾中的这位东洋少年，几年前在教会唱诗班唱歌时被挖掘，因此成为极受欢迎的歌手。

他用灿烂华丽的歌声唱出的赞美诗带有神圣的气质，就像把人们引导到天上乐园的天使一样，任谁听了都赞不绝口、为之心醉。

经过变声期依旧高亢透明的声音让听众惊叹万分，甚至有人谣传天使是个扮了男装的少女。

无性的天使——

不知不觉间，大家都这么称呼他了。

麻贵学姐以前提到的人并不是球谷老师，而是臣同学。她一定是故意让我会错意吧？麻贵学姐说，在艺术的世界里偶尔会诞生一些不得了的怪物，天使大概就是这样的人物。

虽是男性，但是生来就具备了女性音域的歌手叫做高男高音高手(Sopranista)，而使用假音到达女性音域的男性歌手叫做假声男高音(Countertenor)，为了保留少年时期女高音而去势的男性歌手则被称为阉人歌手(Castrato)。

天使究竟是哪一种，我并不清楚。

但是他在我们面前唱出了奇迹般的歌声，甚至能够模拟水户同学的声音。

后来琴吹同学说，如果仔细听，还是听得出他的声音跟水户同学有一点差异。

因为他精准模仿了水户同学的说话速度和发音习惯，再加上当场的气氛，才让大家产生了那是水户同学在说话的错觉。

我在暗巷里听见很多人的笑声，也一定是他的恶作剧吧。

在他崭露头角的那一年里，有人在音乐会上自杀，因此天使突然在人前消失踪影。

天使的歌是把人引向死亡的毁灭之歌——这样的风评一时兴起，玷污了天使之名。

即使如此，还是有很多人希望能再听见那个歌声，但天使却不再回到舞台。有人因此认为天使果然是少女，有人认为他是被狂热的歌迷掳走，甚至还有人说，他是被迟来的变声期夺走了清澈的歌声。

过了几年，如今真相仍然尚未明朗。

如今在我们面前孤独凝视着圣诞树的他，完全不像平时用眼镜隐藏容貌的那位平凡的高一男生，而是全身散发着梦幻般的气质。

他到底几岁了？他低垂的侧脸清秀得令人意外，看起来又像少年、又像少女，又像大人、又像孩子。

超脱时间，没有性别，纯洁无瑕——对，简直就像天使一样……

“我一直在这里帮夕歌上课。”

臣同学毫不流露情感，以严肃僵硬的声音说。

“……一开始，我本来还不太想理她。”

他仿佛在对自己生气似的发出啧啧声。

在他们相遇的夜晚，水户同学踩着一边鞋跟断裂的凉鞋，穿着破裂的衣服，右边脸颊红肿，站在这里哭泣着唱歌。

她似乎是碰上了坏客人，被人从车子里丢出来。

仿佛为了吞下悲伤，她唱起开朗幸福的歌，但又忍不住伤心地哽住声音，不时用手背擦拭滑落脸颊的泪水，接着再继续唱。刚开始他只是躲着偷看，但是她不停地唱下去，所以他终于忍不住对她说话。

"那样唱歌是不行的，会毁了你的声音。"

飘散着青草芳香的夏天。

水户同学看到他突然出现在月光下，露出一脸讶异的表情。

他接着中断的歌声唱下去，水户同学听得睁大了眼睛。

然后，她也和着他的声音开始歌唱。

他偶尔会给水户同学简单的建议，两人持续合唱了很长一段时间。水户同学的声音仿佛被他的歌声往上提升，逐渐攀高，灿烂的笑容在水户同学脸上荡漾开来。

他也感到十分快乐。

决定再也不在人前唱歌的他，已经很久没有跟别人合唱了。自己的声音跟别人的声音重叠合一、互相交融的感觉非常愉快，让他觉得好像可以一直唱下去。

到了早上，他帮水户同学准备了新衣服，但是没告诉她名字，也没有相约再见。

他不打算跟别人往来，对别人也不抱任何期待。

但是，水户同学隔天晚上、再隔天的晚上、再过一天的晚上，都跑去找他，拜托他为她上课。

他不说出自己的姓名，水户同学就笑着说，“那我要叫你‘天使’喔。就是《歌剧魅影》里面的音乐天使。如果你不喜欢这样，就把名字告诉我吧。”

他还是坚持不说姓名，所以“天使”就成了他的称呼。

被人这样称呼，他原本应该觉得很痛苦，但是水户同学用清澈的声音叫他“天使”却让他觉得很舒服。

水户同学软化了他的坚决，在他的指导之下，水户同学的歌声日渐改变。除了技术的进步之外，更重要的理由或许是因为心灵得到了解脱。

水户同学在唱歌的时候非常开心，整个人都显得生气蓬勃。

她跟他说了很多事情。

像是好朋友琴吹同学的事、男朋友球谷老师的事、喜欢的书、将来的梦想——不只是快乐的事，连难过的事也全都告诉他。

“我跟椿姬一样失足了吗？我总有一天会跟薇奥莱塔一样失去一切吗？”

她神情寂寥地说。

“但是，这也是无可奈何的。我家每天都有讨债人上门，爸爸也没办法待在公司，不过还是得让弟弟继续读高中。我只能用自己做得到的方式努力……是啊，这是无可奈何的，我现在只要能够唱歌就很幸福了。”

她说完就笑了笑。

“要欺骗敬一和七濑虽然很痛苦，但是这样却能让我觉得，白天的我跟过去没有差别，我还是从前的自己。晚上的事全都是噩梦，醒来之后的我才是真正的我。”

讲完之后，她又急速转为哀伤的表情。

“不过我最近偶尔会怀疑，会不会晚上的我才是真正的我，白天的我只是幻想出来的呢？”

当时她是这么说的。

“虽然我放弃了唱歌……但是夕歌真的很喜爱唱歌，她是个好女孩又拥有才能，所以我不希望她跟我一样躲在黑暗中、掩人耳目地活着，我希望她能在阳光底下获得成功。”

臣同学凝视着圣诞树上发亮的灯泡，静静述说着关于水户同学的回忆，他的声音、他的侧脸，都充满失去重要事物之人的哀伤和孤独。

对长久以来孤独一人的臣同学来说，说不定水户同学才是给予他光明和温暖的人。

是的，就像在黑暗之中唯一发出光辉的小小圣诞树，水户同学或许就是臣同学的希望。

我一开始想象他们两人在这里共度了怎样的时光、讲过怎样的话，胸口就不由自主地震动，眼皮和喉咙都像着火一般炽热，同时隐隐作痛。

远子学姐一定也跟我想着同样的事吧？她眼眶湿润，嘴唇悲伤地紧紧抿着。

水户同学会对唱歌执着到那种地步，是因为知道了家人的死讯。她像是为了忘记残酷的现实而唱，同时也开始不顾一切地追求成功。

她威胁身为副理事长的堤，取得发表会的主角宝座，愉快地进行排演。饰演一心洗刷祖先怨恨的图兰多公主时，水户同学简直就像在对造成自己如此痛苦的世界怒吼，这让臣同学非常不安。

这个时候，悲剧发生了。

“……那天晚上，夕歌遍体鳞伤地来到这里。她的脖子上有被勒过的淤青痕迹，头上也受伤了。夕歌只说跟客人发生了一些纠纷，乍看之下还很有精神，但是后来她的情况越来越不对……到了隔天早上，她就断气了。”

远子学姐隐含忧郁的眼睛望着臣同学，喃喃说道：“所以你就用椿的名字，把门票寄给水户同学的客人们，想要借此把犯人引去那个地方吧？”

“……就算不这么做，光是看夕歌的态度……我大概也猜得出来。”

臣同学的声音紧绷，像是忍耐着痛苦一般，紧紧握住双手。

“夕歌想要庇护的人，怎么想就只有那家伙……”

看着咬紧嘴唇凝望天空的臣同学，我的胸口痛得几乎快要裂开。

臣同学把水户同学的遗体藏在圣诞树下之后，开始仔细调查球谷老师的事。他在监视老师举动之间，一定几度否定了涌上心头的疑惑。他一定极力祈祷，希望犯人是其他人。

别的不说，就算是为了水户同学，他绝对不愿相信球谷老师就是凶手。

但是，他的希望落空了。

水户同学被她最爱的人杀死，而且她到死还庇护着恋人。

“夕歌直到死都不愿放开戒指，所以我切断了她的手，硬是把戒指拿下来，因为我发誓要为她复仇……”

他拼死忍着不表露出情感。

远子学姐温柔地问：“你用水户同学的手机发短信给小七濑，

是因为不想让小七濑担心吧?”

臣同学似乎不想被看见表情而低下头。

“因为夕歌如果突然失联,七濑找到她家去的话就麻烦了……”

后方传来了踏草而行的沙沙声。

那大概是琴吹同学,想必她是看到我发过去的短信。

我在短信中写着这里离车站很远,建议她搭出租车过来。

今天琴吹同学因为发烧请假。我在午休时间打电话给她,她向我道歉,还说她已经退烧了,明天一定会来上学。

我一回头,就看见气喘吁吁、满脸通红的琴吹同学,哭丧着脸站在建筑物的阴影下。

臣同学没有发觉,继续说着:

“当时如果七濑没有往球谷走去——如果球谷看见夕歌的戒指还没流泪的话,我一定会割断球谷的喉咙杀死他。就算我知道夕歌绝不希望这样,我还是会做。是七濑……阻止了我。”

我又沉痛地回想起当时那些黑暗的绝望,以及无能为力的闭塞感。

无法彼此理解,永恒的平行线。

只是为了互相伤害而说出的话语。

全都仰赖琴吹同学的直率感情,才能颠覆那种绝望的情况。

——不要把七濑卷进来。

——井上,你只要关心七濑的事就好了。

臣同学咬紧嘴唇低下头。

他一定很想保护水户同学最重要的朋友吧?

他会假扮水户同学、打电话给我、对我如此疾言厉色，都是因为关心琴吹同学……看到我这么软弱无用，他一定很焦急吧？

臣同学抬起视线，表情僵硬地看着我。

“……说你是伪善者，实在很对不起……谢谢你支撑着七濑。”

这句话震荡了我的胸口。

“被支撑的人应该是我。”

他睁大的眼睛渐渐变得软弱，浮现了寂寞的阴影。

我突然意识到他刚才那句话意味着告别，不禁有些愕然。

“你以后打算怎么办？”

臣同学的表情又迅速转为严肃，他撇开目光说：

“我会去其他地方，因为我一直都像这样持续地旅行。”

“学校呢？”

“不读了。我会待在那里只是因为订了‘契约’，现在也结束了。”

远子学姐问道：“契约……是跟麻贵吗？”

“这我不能回答。”

如此毅然断言的他，绝望得就像放弃了一切，因此我心痛地说：“你非得离开不可吗？不能继续留在这里吗？你应该很自由吧？既然如此，为什么不像以前那样继续住在这里？”

“不行……我的经纪人兼养父母现在一定拼了命在找我。大概是觉得我还有商品的价值吧。如果一直待在同样的地方太危险了。”

“那么，你要永远躲躲藏藏地活下去吗？再也不在人前唱歌了吗？”

我怀着想痛哭的心情，看着他被圣诞树灯光微微照亮的孤独侧脸。

他跟我很像。

他是在荣耀的赞美声中突然从人们眼前消失，拥有少女声音的少年。

我是出版一本畅销书之后就不再提笔，拥有少女之名的小说家。

看着他，简直就像看着自己一样令我心痛。

臣同学抬起头来，用黯淡悲伤的眼睛看着我。

“你认为井上美羽会写第二本作品吗？”

我的心脏仿佛被利刃贯穿。

我再也不写小说了。

我死都不要再当作家。

两年前，我哭着这么发誓。

我不清楚臣同学为何知道这个秘密，或许他也调查过我。

但是，他一定察觉到了我的想法。

觉得我俩很相似的想法。

所以他才反问我，井上美羽会不会写第二本作品。

他也一定知道我回答不出这个问题。

他借此把自己的答案传达给我。

天使再也不唱歌了。

"唱歌不能为我带来幸福。"

他寂寥嗫嗫说出的这句话,刺痛了我的心。

小说只为我带来灾厄,我因虚构的自己而痛苦,甚至失去了美羽。井上美羽这个名字原本是很美的——不觉之间,却变成了一个丑陋污秽、只会给我带来痛苦和后悔的名字。

哀伤就像水面波纹,在我心底逐渐漾开。

嘴边浮现自嘲笑容的臣同学说:"球谷说,就算要变成怪物,他也想当魅影,但是我却一直渴望成为劳尔。"

这是他发自内心的期望。

在《歌剧魅影》里,魅影也说过他已经疲于离群索居了。

——从现在起,我要活得和其他人一样。

——我要像他们一样有一个妻子,星期天一起出外散步。

——我发明了一个面具,戴上去就会如普通人般正常,根本不会有人转头注意我。

在豪华的歌剧院地底建立了只有自己一人的帝国,在那里唱歌、弹钢琴、作曲的丑陋魅影,一直渴望能够正正当当地活在白天的世界。

没有人会呼唤他真正的姓名,独自一人处在黑暗中……

远子学姐说,这个故事一定要读到最后才行。

如果不读到最后，就无法理解这个故事的真实。

面色哀凄保持沉默的远子学姐，这时开口说道："是啊，我也觉得可以当劳尔是一件非常幸福、非常美好的事。"

臣同学看着远子学姐。

远子学姐以澄澈的眼神回望臣同学。这时起了一阵风，她长长的辫子不停摇曳。

"《歌剧魅影》是一个残酷的故事。用面具遮盖丑陋容貌的男子，爱上了际遇悲惨的少女，少女借着他的魔法变成公主，但是少女爱的却是年轻英俊的王子。

"克里斯蒂娜绝对不会选择魅影。

"即使他除去丑陋面貌就可以成为'人类之中最高尚的一人'——即使他怀有过人才华，是个值得同情的人物——克里斯蒂娜最后还是选择了劳尔。"

悲伤的声音在冷风中消散。

臣同学神情苦涩，听着远子学姐说话。

"《歌剧魅影》就是这样的故事。

"但是——这个故事正因如此才显得凄美。

"这个缀以黑暗颓废美感的哥特式小说（注 9），因为有魅影展露的真实，在最后的最后才化为震撼人心，带有透明感的故事。

"就像缠绕舌上的肥鹅肝的浓厚滋味，被盛在奢华玻璃杯里的冰凉皮耶爵香槟一洗而尽，更显美味爽口。"

淡淡的月光，照亮了远子学姐纤细的身体和小巧的脸庞。

远子学姐为什么流露这么悲伤的目光？

简直就像在述说已经消失无踪的虚幻故事一样，她垂着眉梢，眼神充满不忍。

“在勒胡的作品中,《歌剧魅影》的评价不像被誉为密室推理名作的《黄色房间之谜》那么高。以推理小说的角度来看,这本书荒唐无稽又粗糙,就文学作品来说它也太过通俗。

“但是,在勒胡的这部作品中,却创造出魅影这个令人难忘的角色。

“故事结束之后,还有很多人为魅影的悲伤捶胸顿足,不停思索他经历过怎样的人生,或是猜测故事里透露的线索如何发展,而且,也期待他能以某种形式获得救赎。看完故事之后,读者会感到魅影就像存在于现实里的人物。

“克里斯蒂娜没有选择魅影。

“但是,读者绝不会忘记魅影。

“他们不会忘记魅影的悲叹、魅影的人生、魅影的爱情。

“他们爱的就是脱下了面具的丑陋魅影。”

眼眶湿润滔滔不绝的远子学姐,或许是想要赠送某些东西给失去一切,即将远行的臣同学。

在他以后感到孤独寂寞的时候,能够像微弱灯光一样温暖他心房的话语——

远子学姐在仅剩不多的时间里,全心全意投入地说:“真的有很多人因为读了《歌剧魅影》而深深爱上魅影喔！至今以这本书为题材创作出来的电影、戏剧、沿用书写的作品多得数也数不清。大家对魅影做了种种考察,甚至还出现过不戴面具、金发美青年的魅影喔。

“好比说,写过《胡狼末日》(The Day of the Jackal)的英国名作家弗瑞德里克·福赛斯(Frederick Forsyth),就在《曼哈顿魅影》(The phantom of Manhattan)里面写了魅影去到美国之后的故事;女作家苏珊·凯依(Susan Kay)也借着细腻的爱情和丰富的想象力,鲜明地描写了原著之中着墨不多的魅影日常生活,还有他住在歌剧院之前的种种经历。她写的《魅影》(Phantom)是绝对要推荐的杰作喔!

“从一本书里诞生的人物获得了新生命、拓展了世界,然后又有更多读者出现,产生各种想象,继续创造出其他故事。借着人们的想象,魅影又再度苏醒。

“魅影如此受到大家喜爱,将来也会延续下去,魅影和这个故事都拥有这样的魅力。但是呢——”

远子学姐紧握双手,垂下眉梢,用力大喊:“《歌剧魅影》如果不读到最后,是没办法理解的喔!”

臣同学因远子学姐的气势惊吓地睁大眼睛。

微风把草木吹得沙沙作响。

远子学姐情急之下露出快要哭泣的表情。她清澈的声音,像宁静悲伤的音乐轻柔流泻。

“我很喜欢看书,只要读书就能感受到极大的幸福,觉得被安慰、被治愈了。

“不管是怎样的故事,我一定会读到最后,仔细品味。但是我偶尔会想,如果这个故事在这里突然结束会是怎样的感觉呢?

“譬如说,作者突然停笔了——

“一想到这里,我就难受得像胸口要裂开一样。

“如果卡斯顿·勒胡还没写完《歌剧魅影》就停笔的话,魅影只会是个丑陋的怪物,劳尔也救不了克里斯蒂娜。”

远子学姐漆黑湿润的眼睛凝视着迷惘的臣同学,祈祷似的轻声说道:“你也继续写下自己的故事吧。

“然后,拿去让期待你歌声的人们阅读。”

"!"

臣同学深深吸了一口气。

远子学姐带着热力的声音认真地说:"唱歌或许不能为你带来幸福,但是,有很多人都因为听了你的歌声而感到幸福,否则你不会被称为'天使'。就像魅影受到众多读者喜爱一样,你也受到听众们的喜爱。你只是没有发觉——不,你是捂起耳朵,故意不想发觉。"

我看见臣同学的脸上显现了强烈震撼。

——像你这种人,才不会没有发觉,是根本不想知道。

如今,那句话却回到他自己身上。

"你的歌声拥有让人幸福的力量,水户同学一定也因你的歌声而获得救赎。"

"才不是!"

原本茫然呆立的臣同学,扭曲面孔激动地大叫。

"我才没有拯救夕歌! 如果她没有遇见我——如果我没有教夕歌唱歌——夕歌就不会被球谷憎恨,也不会被他杀死了!"

臣同学拼命压抑至今的情感一次性爆发出来,他露出狂乱的目光,握紧拳头、脸颊通红、嘴唇颤抖。

"我完全不知道球谷在巴黎听过'天使'的歌声,还憎恨天使到那种地步。我根本不知道他被逼到想要割腕! 都是因为夕歌的声音跟我——跟天使的声音相似,是我引导夕歌走向毁灭的!"

他感受到的悲伤、苦涩、后悔也刺进了我的胸中。

多么痛苦的叫喊啊! 多么哀凄的声音啊!

球谷老师说起如何憎恨天使时，他在面具之下是多么沉痛、多么绝望啊！

远子学姐凛然说道："我能理解你觉得要为水户同学的死负责，也理解你的悲伤，但是，你不要误会了。水户同学跟你相遇时，正以椿的身份痛苦地工作。水户同学会死，绝对不是你害的，不仅如此，能跟你的歌声相遇，反而让水户同学在痛苦难熬的日子中获得一丝安慰。"

臣同学用力摇头。

"不是，不是的！要不是因为我多管闲事，夕歌就不会死得那么惨了！球谷说的没错，是我迷惑了夕歌，把她拖进黑暗的地底，夕歌一定也在心中恨着我。"

"真的是这样吗？"远子学姐表情严峻地问，"水户同学真的恨你吗？你只是因为自责，所以把事情想成这样吧！"

"才不是，我才不是这样——"

"那么，你就说出水户同学死前的遗言吧！水户同学在最后跟你说了什么？"

臣同学咬着嘴唇，痛苦地默不作声。光是回想，已经让他难过得无法承受了。他紧闭双眼的模样，看得我心都痛了。

琴吹同学悄悄藏匿在建筑物后方看着臣同学，她的表情也十分僵硬。

"……拜托你，说出来吧。"

远子学姐的语气平静，却又坚决地不允许他逃避。

臣同学身体一震，仿佛承受着巨大痛苦一般微睁双眼。他彷徨地咬了几次嘴唇，看着自己的脚尖，最后终于说出："……那天晚上，夕歌情绪高亢得很不自然……虽然我劝她受了伤应该要好好休息，她也不听，她还很开心地说，发表会就快到了，非得认真上课才行。

“她坚持一定要做出精彩的表演……

“夕歌的声音比平时还响亮，音色也很稳定。她还笑着说，今天的状况好到可以唱到天亮……或许跟我们第一次相遇的那晚一样，夕歌是打算借着唱歌忘记所有难过的事……

“如果我不管她，她很可能真的会一直唱下去，所以我强迫她休息了。她坐在草地上，看着圣诞树说‘我们的树真的好漂亮、好可爱’。说了一些无关紧要的事情之后，夕歌突然靠在我肩上，用甜腻的声音说：‘敬一，如果今年的圣诞夜可以过得像去年一样开心就好了。’”

臣同学颤抖的声音中断了。

“夕歌她——把我当作球谷了。”

充满绝望的自白，让我愕然屏息。

“后来呢？后来怎么了？”

远子学姐以毫不动摇的眼神问着。

“……虽然我发现夕歌的模样很不对劲，我却什么都做不到。夕歌她……看起来真的很开心。”

“然后你就以球谷老师的身份跟她对话？”

“……几乎都是夕歌自己在说话，像是‘圣诞夜就在敬一的房间办派对吧’、‘我要自己下厨做料理’、‘想要吃些什么？’、‘最近比较少见面，真是对不起’之类的话……她还说‘我一直戴着戒指喔’……”

这番话听得我心痛难耐。

当时他是以怎样的心情聆听水户同学说话？

他在无能为力之中，是怀着怎样的心情……

后来，水户同学用手机打电话到琴吹同学家里。琴吹同学最后一次跟水户同学讲电话时，抱着水户同学的人并不是球谷老师，是臣同学。

——我现在跟男朋友在一起。圣诞树好漂亮，他现在抱着我好暖和。七濑也快点交个男朋友嘛，这样我们就可以一起去双对约会了，一定很好玩的。

琴吹同学压抑着呜咽，眯细眼睛，咬紧嘴唇。

臣同学别开了脸，不让我们看见他的表情。

"然后呢？"

远子学姐温柔地继续问着。

"……然后她挂断电话，对我说七濑真是太可爱了……如果七濑的恋情也能实现就好了……如果七濑——也能过得像井上美羽的小说那样幸福就好了……"

我的心脏发出怦然巨响。

过得像井上美羽的小说那样幸福！

水户同学这么说了？

臣同学开始讲起美羽的事。水户同学说着"敬一也读读看嘛"大力推荐，还说井上美羽的小说又温柔又纯真，看来平淡但是非常动人，能够让人放松心情。还说书中的树和鸟都好可爱，她都好喜欢——

——答应我，要看井上美羽的小说喔。那是我最喜欢的小说，读着井上美羽的书，再痛苦的事情都可以忘记喔！

我——我从来没想过，会有人因为读了我的书而获得怎样的感动。

从来没想过，会有我不认识的人、不曾见过的人，这么喜欢我的书……

我的脑袋发热，难以言喻的情绪涌上心头。

琴吹同学双手掩面，颤抖着肩膀跪在草地上。

远子学姐以月光般澄净的声音问：

“然后呢？你怎么回应？”

臣同学也不停颤抖，低头咬着嘴唇，努力挤出声音。

“夕歌说‘为我唱赞美诗，我现在好想听……拜托你，为我唱……’。因为她是那么期望……所以……所以我……”

“所以你唱了吧。”

远子学姐柔和地说。

“你为她做了很美好的事呢。”

臣同学皱起脸孔，急忙用手背擦去眼角渗出的泪水。

“我本来打算再也不唱了。有很多人听了我的赞美诗而死，所以我绝对不要再唱歌了。但是，我感觉很可能再也见不到夕歌，这是她最后的请求，所以我唱了！夕歌闭上眼睛，动也不动，到了隔天就停止心跳了。不管我怎么叫她，她都没有醒来。

“都是因为我唱了歌，夕歌才会死！”

“不是的！”远子学姐激动地叫喊，“你仔细回想吧！水户同学听你唱歌的时候，脸上是什么表情？”

臣同学用力摇头。

“快点回想起来啊！水户同学的眼睛、嘴唇、呼吸——在最后一刻传达了什么给你？”

远子学姐接连不断地发问。面对捂住耳朵的臣同学，她摇曳着长长的辫子，在月光之下既严肃又激动——简直就像《小气财神》中在平安夜现身于斯克鲁奇面前的圣诞精灵一样，击碎了覆盖在他心上的铠甲，引导出他内心的真实。

“告诉我们，你看到了水户同学怎样的故事，不要自己玷污了你跟水户同学的回忆！”

臣同学依然低头，紧握双手。他所看见的真实，如今由他的口中缓缓道出：“——夕歌……靠在我的胸前，她握紧了戒指……闭上眼睛……露出微笑。在我唱歌的时候，她一直保持这个姿势……然后说‘好漂亮啊……敬一……好像是真正的天使在歌唱……’。然后——”

臣同学哽住声音，开始啜泣。

他以细微的声音说出水户同学最后一句话。

“她说‘好幸福啊……’。”

至此，臣同学的眼中开始滴落泪水。他把握紧的双手贴在嘴前，低垂着头，像个孩子一样痛哭失声。

——**好幸福啊**。

水户同学说了这句话后含笑而终。

在天使歌声的包围之下，闭着眼睛，幸福安详地逝去。

“这就是水户同学的‘真实’。”

漫长苦涩的故事，在最后一刻变成了充满清朗温柔光辉与祈祷的故事，这就是“文学少女”所要传达的事情。

琴吹同学起身跑了过来。

她双手握紧臣同学的手，臣同学惊讶地抬起头。

“!”

他睁大了充满泪水的眼睛，琴吹同学也红着眼眶回望他。

然后，她亲吻了他紧握的双手。

就像吻了魅影额头的克里斯蒂娜一样——

“谢谢你这么照顾夕歌。”

看到琴吹同学哭得涕泪纵横的脸庞努力露出笑容，臣同学的眼中又落下大滴泪水。他用脆弱的眼神凝视着琴吹同学，然后贴近她的耳边。

臣同学好像跟她说了什么悄悄话。

琴吹同学吃了一惊，然后又转变为哭泣的表情。

臣同学从琴吹同学身边离开，用手背粗鲁地拭泪，接着流露出壮士断腕的毅然表情转身离去。

他跟我擦身而过时，对着想要留住他的我小声说：“七濑就拜托你了。”

然后，他留下泪眼朦胧不停颤抖的琴吹同学、留下心痛不已呆立原地的我、留下以澄澈眼神目送他的远子学姐，头也不回地消失在黑暗中。

这是我们最后一次见到天使。

终章

写给亲爱的你

我到最后还是没办法告诉他，其实我不讨厌井上美羽。

我想我大概是嫉妒他吧。

夕歌死去的那天，七濑打电话到夕歌的手机。她用迷惘的声音留下语音讯息说："小森她们好像把我喜欢井上的事说出去了，怎么办？"听到这句话时，我刚把夕歌的遗体埋在圣诞树下。

我不想让七濑知道夕歌已经死去的事，想要守护七濑的生活，所以我代替夕歌回传了短信。

我可能在不知不觉间，越来越在意夕歌几乎每晚都会跟我提到的"七濑"。

七濑喜欢同年级的井上心叶，经常找夕歌商量。

站在井上面前就觉得紧张，不知不觉就开始瞪他；自己一定被他讨厌了，已经完蛋了，该怎么办；今天跟井上说了几句话，觉得好开心；想要自己烤饼干，但是不知道男生喜欢怎样的口味，总之把砂糖的分量减少一点……夕歌总是开心地对我叙述，七濑为了鸡毛蒜皮的小事而紧张不已的心情。

她也告诉我，七濑在初中时代经常跑去图书馆见井上，还有一向讨厌男生的七濑突然变得很有女人味，甚至开始拼命练习画眉毛的事。

“你也觉得七濑很可爱对吧？真希望七濑的恋情可以实现。”

每次说到最后，夕歌都会用如梦似幻的温柔语气这么说。

当时的我已经是圣条学园的学生了，我跟七濑同样担任图书委员，因此得以近距离观察七濑。

七濑本人比照片上还漂亮，她撅起嘴唇鼓着脸颊的模样，乍看之下好像是个很难相处的女孩。

不过，那只是虚张声势，她在没有防备之时会像孩子一样面红耳赤，慌张之时还会无意识地扭曲嘴角。原来如此，夕歌说的一点都没错，世上再也没有比七濑还要率直的女孩了。

关于井上心叶的事，我也偷偷到他的班级确认过了。他长得像女孩子，是个感觉很不可靠的家伙。我对他的第一印象不太好，或许是因为他迟钝到没有发觉七濑的心情，所以让我觉得生气。他优柔寡断的态度更是惹火了我，所以我对他说些很难听的话，还把他引到暗巷，用“声音”吓唬他。

七濑一直很在意井上前女友的事。

那个女生发短信给七濑，说心叶是自己养的狗，叫七濑别随便接近他，还说如果七濑敢抢走她的东西，她就要诅咒七濑，总之写了一些很过分的话。七濑已经为了夕歌的事心力交瘁，根本承受不了这种打击。

当时七濑哭着发短信到夕歌的手机，说“魅影寄来了讯息”，苦苦哀求夕歌快回去帮助她。

但是，看到七濑这么伤心害怕，我却什么都做不了。

七濑知道了夕歌家人自杀的事，震惊冲出家门的时候也一样，看到七濑独自跑到夕歌家里，把脸埋在膝间哭泣，我虽然难过得胸口像是要裂开了，却只能站在窗外看着。

来找七濑、来安慰她的人不是我，是井上心叶。

这样或许比较好。

井上抱着七濑的时候、七濑哭着靠在他怀里的时候、七濑的口中终于说出她隐藏至今的感情的时候，我都震撼地屏住呼吸，感觉像是被推进火里一样。即使如此，我还是觉得这样比较好。

因为七濑的幸福就是夕歌的希望，也是我最大的希望。

井上心叶正如他的外表所示，不是一个平凡的少年。

他的心中藏了浓烈深厚的黑暗。

我在调查发了威胁短信给七濑的女孩之时，发现了井上的秘密，也知道了她和井上之间发生过什么事。

当时我就觉得，说不定我跟井上心叶就像镜子里的反射一样相似。相像之中又有某些差异，不过还是很相像。

可能就是因为这样，我才会即使那么焦虑也无法漠视他。

其实我并不讨厌井上美羽。

虽然我讨厌那种过度美丽的世界，却又忍不住憧憬。

我想，井上的前女友以后应该不会继续保持沉默。

然后还有井上的学姐天野远子。跟井上走得最近的她，身上充满难解的谜题。能够让我流泪的人，绝对非同小可。

天野又是怎么看待井上的？对七濑来说，说不定那个文学少女才是最难对付的魅影。

但是，七濑一定会获得最后的胜利。

井上的心渐渐向七濑靠拢。

他已经开始被七濑的温柔、专情、坚强，以及她对爱情的执着所吸引了。

七濑绝对不会成为魅影，但她能成为劳尔。

接下来，就看七濑的努力了。

球谷敬一和镜妆子都去自首了，我的复仇结束了。

"契约"已经完毕，我也跟他们告别了，再来只剩继续迈向下一块土地的旅程。

这里是为了让夕歌抒发心情而建立的黑暗城堡。我放了好几个程序，设下层层陷阱，这么一来，除了我跟夕歌之外，就没人可以登入了。

夕歌死后，我为了复仇而化为夕歌，继续帮她更新。我用夕歌的心情、夕歌的身份敲着键盘，写下文字。开始这么做以后，我觉得这或许也是为了抒发我自己的心情。

包括我对夕歌的罪恶感，还有对七濑的思慕……

我大概不会再来这里了，就让这个网页保留原状吧。

贴满整个画面的照片之中，夕歌和七濑都幸福地笑着，我则是露出有些困窘的表情。

如果某天有人偶然来到这个网页，看了夕歌的文章和这些照片，多少知道了夕歌的事情就好了。

然后，可爱的七濑。

正如我最后跟你说的悄悄话，我打从心底期待你的恋情能够实现。

◇　◇　◇

二十四日的圣诞夜，我来到流人常去的泡沫红茶店参加庆祝派对。

这间我曾经来过，装饰得像西部片里乡村风格的店整间都被包下来，到处挂着圣诞风格的红色金色装饰品。

“我本来是打算来个只有两人的约会啦。”

坐在我身旁的流人小声地说。

“这样会害我被女孩们暗中报复喔。”

店里的每一处，都有打扮华丽的女孩子彼此牵制似的互相瞪视。对于唯恐天下不乱的流人来说，这种状况或许是很令人兴奋，但是对我而言就太折腾了。

“不，人又不是我找来的……真是的，怎么会变成这样呢？”

流人苦涩的目光向旁边一瞥。站在那边的是穿了边缘缀有白色绒毛的红色上衣和迷你裙，戴着尖帽的远子学姐，她正从扛在背上的大袋子里拿出礼物，分发给大家。

一开始她还很害羞地叫着“为什么我要穿成这样！呜呜，裙子好短喔”，但是后来却热衷于四处散发礼物和笑容。

“真是的，远子姐她……现在不是该做这种事的时候吧！”

“就是说啊，下个月就要联考了，她也太缺乏考生的自觉了吧。”

“我不是说这个啦……”

流人正在抱怨时，有位头发蓬松，身材娇小的女孩跑过来。

“你好，心叶学长！”

“啊，竹田同学也来啦？”

“是啊！是远子学姐邀请我来的。”

穿了黄色毛海编织的上衣和灰色裙子的竹田同学，笑嘻嘻地回答。

“我现在还在募集男朋友，只能一个人寂寞地过圣诞夜，所以能被邀请真是太幸运了！”

“什么什么？是这样啊？你长得这么可爱还没有男朋友啊？那我如何啊？我也正在募集女朋友喔。”

“哇，好帅喔！你是心叶学长的朋友吗？我叫做竹田千爱，是圣条学园的一年级学生。”

“喔，我们同年耶。我叫樱井流人，是心叶的好朋友，跟远子姐就像亲戚一样。”

“咦？你也是高一？我还以为你是大学生呢！”

“流人！你再继续增加女友的话，迟早会被刺杀喔。”

流人被我念了一句，还是爽朗地笑着说：“我是老手了，很习惯啦。"

"哇！好厉害喔！"

竹田同学开心地拍起手。毁了毁了，真是没救了。

"对了，芥川学长也会来吗？"

"芥川有其他计划，好像要跟女朋友一起过吧……"

"咦咦！芥川学长有女朋友啊？"

"这个，我也不太清楚……啊，琴吹同学会来喔。麻贵学姐也说会来露个脸。"

虽然远子学姐叫着："我才不邀请你呢！你别来喔！"但麻贵学姐还是说："我当然要去，为了去看我送给你的衣服。"并且露出诡异的笑容。那套迷你裙圣诞装，就是该付给她所提供情报的"报酬"——不，是报酬的"利息"。

麻贵学姐在所有人的注目之下现身了。

她穿了一件大胆的低胸长礼服，还披了一条毛皮披肩。打扮得就像刚从某个名流派对跑出来似的，脖子上还有一条钻石项链粲然生辉。明确地说，实在太奢华了！

"啊啊，麻贵真是的！我不是叫你不要来嘛！"

远子学姐大吼大叫，麻贵学姐则神情愉悦地看着她。

"嗯嗯，很适合，真是太棒了。圣诞夜果然得穿这个啊。如果脱得只剩一顶帽子就更绝美动人了。"

"讨厌……麻贵真变态！"

麻贵学姐似乎享受着被骂的快感，满足地眯起眼睛，我看得背脊都发凉了。这个人果然很怪！

对这个人绝不能掉以轻心……

臣同学离去的隔天，麻贵学姐就爽快地说出“契约”内容。

或许是觉得臣同学已经走了，说出来也无所谓。她在画室里喝着红茶，向我和远子学姐从头说起。

臣同学为了帮助水户同学，努力收集跟水户同学父亲讨债的金融业者非法行为的证据。另一方面，他也拜托麻贵学姐去跟警察和媒体斡旋。

身为姬仓家族继承人的她，确实做得到这种事。

相对的，他也要以学生身份潜入学园，听从麻贵学姐的指示去调查、收集情报。

“我提出的另一个条件，就是这个。”

麻贵学姐一边说着拿出一幅水彩画，上面画的是裸露肌肤、披着纯白床单，又像少女又像少年的臣同学。

她当时说的模特儿，就是臣同学吗？

“画得还不错吧？标题要不要定为‘天使’呢？”

以冷漠眼神看着前方的“天使”画像充满了透明感，看起来很孤独。

我想着独自生活的他，一边感到胸中痛楚，一边和远子学姐一起看着那幅画。

球谷老师杀了人的事，大概是因为姬仓一族施加压力，所以没有演变成大新闻。

单恋着老师的杉野同学红着眼眶，不停啜泣，一边还拼命对我说：“在我被朋友排斥陷入低潮时，是阿球为我泡印度奶茶安慰了我。他真的是个很温柔、很好的人喔。”

“是啊，球谷老师真的是个好人。”

这么回答的时候，我又想起印度奶茶香甜的滋味、温暖的蒸气，还有老师的笑脸。我难过得心都揪起来了。

老师对我说过，你根本什么都不懂。

还说他一丁点都不想要平凡安稳的生活。

但是，当我想起和老师还有琴吹同学三人共同度过的时光，还是觉得既温馨又悲伤。球谷老师和妆子小姐虽然都失足了，但他们并不是坏人——就算老师否认，我还是如此相信着。

恶意讨债的金融业者也受到大规模搜查，不仅高层人士遭到逮捕，业务也全都停止了。

跟“天使”相关的事件，至此完全结束。

麻贵学姐戏弄过远子学姐之后，就朝着流人走来。

“哎呀，你还活着啊？我还以为你已经让女孩割掉脑袋，被做成标本呢。”

面带微笑的麻贵学姐话中带刺，而流人也不遑多让地灿烂笑着说：“因为我是受虐狂嘛，我由衷期望被那样深深爱着啊。”

结果麻贵学姐突然伸出双手，把流人的脸颊拉近。

事实上，她只是把双唇凑近流人的嘴前，但是从旁看来就像真的吻下去了。一时之间悲鸣四起，整间店骚动不已。站在一旁看着的我和竹田同学，都诧异地睁大了眼睛。

麻贵学姐妖艳地对哑然的流人说：“那么，就让你被杀个上百次吧。”

然后她又说：“祖父他们会啰唆的，我要回家了。再见。”

接着就若无其事地立刻离开。

“你搞什么鬼啊！”

发出杀气的女孩们一起围住了吃惊喊叫的流人，开始吵着"刚才那个人是谁！"、"你到底脚踏几条船啊！"、"趁着这个机会说清楚吧！你等一下要跟谁回去！"，所以我们赶紧逃走了。

"远子学姐的弟弟好像真的会被割掉脑袋耶！"

"竹田同学，不要笑着说出这种话啦，很恐怖耶。"

"嘿嘿，可是一脸认真地说出这种话不是更恐怖吗？"

我们正在对话时，我看见琴吹同学的身影出现在门口。

她穿了一件微蓬的裙子，很不安地四处张望。

"啊，我要去一下洗手间，心叶学长，请你快去七濑学姐那里吧。"

"呃，可是，竹田同学……"

"不用在意我，你看，我跟谁都能处得很好啊。"

她的笑容突然转变成冷静知性的表情，说完之后又恢复成开朗笑容，然后竹田同学就从我身边走开了。

她真的没问题吗？

我走向琴吹同学，紧张地跟她打招呼，她的表情顿时缓和下来。

"井上……"

"晚安，你见到远子学姐了吗？"

"还没。我有点迟到，刚刚才来的。"

"这样啊，她一定会吓一跳吧。对了，竹田同学也来了。"

"嗯，我已经听说了。"

"想要喝什么吗？"

"那就柳橙汁……"

琴吹同学还是有点精神不济，但她还是努力开朗起来，勉强露出笑容。

"这是你的果汁。"

"谢谢。"

我们两人站在墙边说话。

琴吹同学跟我都有点在意彼此……这是因为事件结束之后，那天感到的沉痛哀伤都还留在我们心中无法消除。水户同学永远不会回到琴吹同学身边了，琴吹同学大概要一个人过圣诞节了……

"琴吹同学，如果你不嫌弃的话，明天要不要和我出去呢？因为是圣诞节，可能到处都充满人潮就是了。"

琴吹同学摇头。

"谢谢，但是我已经跟夕歌约好要空出那天了。我想要读夕歌喜欢的书，吃着蛋糕度过。"

她的嘴边浮现微笑，小声地说："而且……我也打算读读看井上美羽的书。"

琴吹同学毫不犹疑，笔直望着我的眼神真的好美。同时，我也因为理解了自己的脆弱，忍不住感到羞耻。

为了隐藏这样的心情，我也露出笑容。

"是吗，那我也在家悠闲度过吧。"

"啊，可、可是，我会寄圣诞短信给你喔。如、如果你能回复的话，我会很高兴的……"

"我一定会的。"

"……然后……"琴吹同学的脸越来越红，"虽然圣诞节不行，但是其他日子我都有空。所以，那个……如果你愿意再邀请我的话……我会非常高兴的。”

“那么，寒假就找一天出去吧。”

我说完之后，琴吹同学抬起红通通的脸庞，像个孩子一样率直地笑了。

“嗯。”

——七濑就拜托你了。

我的耳旁仿佛又响起了这句话……

其实，臣同学比谁都想待在琴吹同学身边鼓励她吧……一想到这里，我又心痛得难以忍受。

我不知道自己做得到多少事，但是，我一定会尽全力让琴吹同学恢复朝气的。

琴吹同学的门限是十点，送她回家之后，我去了跟臣同学分离的废工厂。

水户同学的遗体后来被挖出来，现在已跟家人一起沉眠墓中。圣诞树依旧留在原地，我打开灯饰的电源，灯泡开始发光。

发出蓝白色光芒的雪花结晶、红色和金色的星星、像是用饼干模子压出来的姜饼人、附烟囱的小屋、圣诞老人、没有脸的天使……

玻璃制的天使娃娃，是在三角形身体上挂着两片羽翼，上方并没有头。

我看着这东西，想起了很多事。

想起了希望成为魅影的球谷老师。

也想起了只能以魅影身份活下去的臣同学。

然后,也想起了美羽……

——心叶,听说在圣诞节许下的愿望都会实现喔。心叶想要许什么愿呢?

——那么,我希望美羽当上作家之后,会第一个帮我签名。

——真是的,怎么又说这个啊?我就说你想得太远了嘛。

美羽嘻嘻笑着,然后在我脸颊上飞快地一吻。她稍微弯下腰,带着恶作剧般的表情,对着满脸通红的我说:“刚才那是约定喔。”

一摸天使的翅膀,我的指尖就因寒冷而轻轻颤抖。

我回忆着很久以前的圣诞节,怀着刺痛胸口的悲伤心情喃喃自语。

“美羽……我……我一直憎恨着井上美羽。我还觉得井上美羽的书全都是谎言,根本像是愚蠢孩子的涂鸦。

“我全世界最讨厌的……就是井上美羽……

“但是……水户同学却很喜欢井上美羽……

“她看了井上美羽的书很多次,几乎可以整本背下来了……她很喜欢书中的树和鸟……读着井上美羽的书,多痛苦的事情都可以忘记……她总是这样对臣同学说。”

在天寒地冻之中,我的喉咙发疼,眼中涌上泪水。

"美羽,你现在在哪里呢?在想些什么呢?如果我不再继续否定井上美羽,你会不会原谅我呢……"

井上美羽的小说,就是我跟美羽一起度过的平淡生活。

琴吹同学告诉过我。

她一直在旁边看着我们,还说我跟美羽在一起的时候都很开心地笑着。

那时的我深爱着你……因此感到快乐幸福。

所以,井上美羽的故事并非谎言。

书里那种充满温柔的透明世界、那些柔和的心情、像光一样的灿烂,全都是当时我心中的真实。

"美羽……到了现在……你还愿意见我吗……?我们还会再相见吗……"

在那事件之后,我一直深深期盼能见到美羽。

散落在圣诞树上的、地面的星星,静静发出光芒。

我心里情绪澎湃,喉中刺痛,又寂寞又悲伤,感觉自己孤独无依,正想蹲在草地上哭泣的时候。

一个温柔的声音呼唤着我。

"心叶。"

回头一看,穿着长大衣的远子学姐带着温和的笑脸站在那里。

我急忙用手背擦拭眼角。

"为什么你会在这里?"

"不为什么……只是觉得心叶说不定在这里……给你,这是礼物。"

她拿出刚刚在店里分发的,绑上缎带的小袋子,轻轻放在我手中。

里面有星形的糖果，还有穿着圣诞老人服装的小熊玩偶。

"你就是为了送我这个才专程跑来这人烟稀少的地方吗？女生单独来这种地方太危险了。"

"没关系啦，反正回去的时候心叶也在嘛。"

远子学姐不把我的劝告放在心上，轻松地回答。然后她歪着头，从旁窥视着我。

"那，心叶要给我的礼物呢？"

"没有。"

我为了掩饰快要哭泣的表情，慌忙转开了脸。

"真是的！"

远子学姐鼓着脸颊抱怨，然后像个大姐姐一样笑了笑。

"别这么说嘛，给我一些什么啦，就算只是'小东西'也行。"

听到她这么说，我突然想起夹在笔记本里的书签。我拿出书签递过去，远子学姐用双手接下。

她看见我写在上面的手机号码和信箱地址，就眯细眼睛说："Sincerely——这是诚挚敬上的意思吧？还代表了由衷……诚恳、真实……"

信箱地址上的单字，是我从喜欢的歌曲里借用的。

远子学姐把书签轻轻贴在嘴上。

在月光和圣诞树的光辉中，她那姿态简直像是某种神圣的仪式，让我不由得心跳加速。

"好甜……就像砂糖腌渍的堇花。"

花瓣般的嘴唇清纯地绽放了笑意。

然后她把书签含入口中，就这样啪沙啪沙地吃了起来。

吞下最后一小块之后，远子学姐笑容满面地说："啊！真好吃！

谢谢你的招待。”

我茫然地看着她。

“咦，怎么了吗？心叶？”

“你吃掉了……”

“呃？”

“你把我的手机号码和信箱地址都吃掉了。”

“咦咦咦咦，不可以吃吗？”

“地址又不是主食或点心！”

“咦？咦？地址？”

身为机械白痴的远子学姐，好像从一开始就没搞懂。

“算了，无所谓啦。”

我转过身去，抱着膝盖坐在草地上。

糟糕，心情一放松，又觉得好想哭了。

“……那个……我可以坐在旁边吗？”

“随便你，不过请别看我。”

视线越来越模糊，喉咙也涌上一股热意。

远子学姐背对着我坐在草上。她的外套之下可能还穿着那套圣诞装，她看起来很冷地拉着衣摆，抱紧膝盖。

我不用担心哭脸被她看见之后，泪水从眼角涌出，沿着脸颊滴下。为什么只要远子学姐在身边，我就会变得这么爱哭呢？

“你在想臣同学的事吗？”

“在想很多事啦。”

“派对真是愉快，让人觉得好放松。”

“远子学姐，你放松过头了吧。”

“没问题的，回去之后我就会好好地写数学题。”

“那大概是一年级的题目吧。”

“真没礼貌，是二年级的题目喔。”

“根本就不行嘛。”

“总之我会在联考之前进展到三年级的题目啦。”

我强忍哽咽，继续聊着跟平时一样的对话。

不过远子学姐可能早就发现我在哭了……

远子学姐仰望着天空，握住我的右手。

既暖和又温柔的手。

“虽然今晚没有下雪，不过月亮很漂亮呢，心叶。契诃夫的《在峡谷里》(In the Ravine)有过这样的叙述喔。”

她澄澈的声音在淡淡的月光中，像洗净心灵的赞美诗响起。

“‘……无论邪恶多么巨大，夜晚还是一样宁静美丽，这个世上也有同样沉静而美丽的真实存在于现在和未来。就像月光和夜色相融一般，我也由衷期盼地上的一切能和真实融为一体……’——啊啊，我好想吃契诃夫的作品啊。”

远子学姐陶醉地说。

真实并不一定美丽。

这世上也有会令人想转开目光的丑陋真实、辛酸真实。

但是，夜晚能够笼罩一切，月亮也不变地照耀我们。

不变的事物和美丽的事物都是存在的。

远子学姐掌心的柔软和温暖，这样教导了我。

我没有变成魅影，一定是因为遇见了远子学姐。

一定是因为她像这样握着我的手，像这样对我说了重要的话。

坚决不再唱歌，独自离去的另一个我，如果也能在漫长旅程中遇见一位温柔对待他的人就好了。

神啊，我请求你。

远子学姐对着专注祈祷的我温柔呢喃。

“心叶……就算我不在了，希望你还是能继续写作喔。”

我不明白为何远子学姐要说这种话，然而她寂寥又认真的声音，还是揪紧了我的胸口。

难道你毕业之后也打算叫我继续写点心吗？虽然想要吐槽，话却塞在喉咙里说不出来。

——你认为井上美羽会写第二本作品吗？

无法回答的问题。

但是，如果井上美羽真的写了新的故事——而且，在某片天空底下的他，读了那本书的话——虽然可能性不大，但是……

这么一来，或许他也会愿意再次唱歌吧？

远子学姐从春天开始就不在了。

我不能永远这样软弱地哭泣，一定要坚强起来才行。

但是，我现在仍因远子学姐温暖的手感到喜悦、安慰，静静地落泪，也持续地向月亮祈祷。

在这神子降临人间的神圣夜晚，希望臣同学、琴吹同学、美羽都能过得幸福。

◇ ◇ ◇

七濑寄来了要给夕歌的电子圣诞卡。

她在讯息里面说，她跟夕歌永远都是好朋友，后面还说她已经

回传短信给井上的前女友了。

她说，不管对方说了关于井上什么事，不管对方态度再坏，她也不会认输。

除非是井上亲口说出的话，否则她不会相信。

她还说，明天就要去见朝仓美羽。

注释：

注1：翻糖(fondant)，原料为砂糖，主要用于蛋糕上的造型装饰。恐山，位于日本青森县的火山。莱佛士花(Rafflesia)，世界上最大的花，花朵直径可达一公尺。

注2：Chay是印度语的茶，这里是指印度奶茶，又称Masala tea(香料茶)。

注3：镰鼬，日本传说中的妖怪，以旋风的姿态出现，会用镰刀般锐利的爪子袭击人。

注4：销售基本额，租用场地如果没有卖出一定数量的门票，申请者就得自行负担场租。

注5：罗浮火腿(meat loaf)，将绞肉放在长方形模型中制成土司形状的德国食物。

注6：大小仲马的名字都是Alexandre Dumas，为了区别，在法文里会写成仲马父(Dumas, père)和仲马子(Dumas, Fils)。

注7：《查泰莱夫人的情人》，叙述查泰莱夫人在丈夫瘫痪失去性能力之后，重新思考精神与肉欲的取舍。《瓶装地狱》(瓶诘地狱)，短篇小说，描写流落荒岛的兄妹在性欲和伦理之间的痛苦挣扎。安莱斯(Anne Rice)，代表作《夜访吸血鬼》，睡美人三部曲(Sleeping beauty)是以A. N. Roquelaure笔名发表的情欲小说。

注8：哥特式小说(Gothic Novel)，兴起于十八、十九世纪，为英国文学的一支流派，风格怪诞、神秘、恐怖、凄凉，常充满超现实的魔幻风味。

原日文版后记

大家好，我是野村美月，“文学少女”系列已经进行到第四集了！

期待美羽出场的各位，真是对不起，我绝对不是故意要卖关子，而是这集原本就预定要让琴吹同学当主角。

因为，如果在琴吹同学被心叶忽视的状态下直接进入美羽篇，这样她就太可怜了……不过，这次她跟心叶总算从同学的关系迈进了一步。

言归正传，第四集的主题书目是《歌剧魅影》。魅影的故事真的很悲伤，不管看了多少次，我还是觉得感动。戏剧、电影、小说中出现过各式各样的魅影，拿来互相比较真的很有趣喔！每种诠释都有各自的风味。

说到风味……远子在一开始提到的砂糖点心，是我个人非常喜欢的甜点。我只在十年前吃过一次，但是仔细研究过之后，又突然觉得好想吃。砂糖一般好像都会使用甜菜制作的 Vergeoise(甜菜糖)，这个似乎也很美味呢！

在描写远子用餐场景的时候，因为要回想各种味道，所以我都很快就饿了，真是让人烦恼。但是，其实这系列进展至今，我只写过一种自己无论如何都吃不下去的东西喔！

接着要来致谢。夕歌说过的“希望可以住在圣诞树里”，其实是我去担任来宾的广播节目中，主持人榎本温子小姐说过的话。我在构想第四集剧情的时期，大力拜托她让我引用。

榎本小姐很爽快地答应，真是太感谢了。

然后，竹冈美穗老师这次也画了好——漂亮的插画，真的很谢谢你！

每一集的页数都逼近上限，真让我觉得又焦虑又抱歉，不过下一集就要开始心叶和女友的故事了，请一定要读下去喔！还请大家多多指教！

二〇〇七年　四月一日　野村美月

书中引用了以下书目，或是曾经作为参考。

《歌剧魅影》（卡斯顿·勒胡著，三轮秀彦译，东京创元社）

《可爱的女人·牵狗的女人》（契诃夫著，小笠原丰树译，新潮社）

《歌剧对译图书馆　普契尼　图兰多》（小濑村幸子译，音乐之友社）

中文简体版特别收录
小小番外

七濑：我是七濑哦(＝´▽`＝)！这个页面是为了中文版特别写的后记(V^—°)。当然也不是特别才写的啦……因为被井上拜托了，实在是没有办法啦(＊`ε´＊).

请不要误解哦(¯へ¯)！

那个，到现在为止在井上的面前，总是变成可怕的表情，说话也完全不可爱，终于可以告白了呢！\(＞▽＜)/

被井上看到内裤时虽然很不好意思(＊/。\＊)，但也托这个的福，井上也想起了和我初次见面时的情景了呢(\\▽\\)
而且哦，也终于把自己的心情传达给了井上。

井上，你可是我的初恋(＊´▽`＊)

啊啊啊啊啊啊啊，果然还是很不好意思～ q(≧▽≦＊)(＊≧▽≦)p

可是可是(/—\)，其实还有更多的话想要和井上说呢。

井上漂亮的眼睛，飘逸的头发，爽朗的笑容，温柔的声音……

全部全部非常非常非常地喜欢……

啊啊啊啊啊啊啊啊啊啊啊啊啊啊，不行不行，不行了！

这种话实在是开不了口啊～～～～((((((〃⊃ω⊂〃))))))

心叶：琴吹？你在乱七八糟做些什么啊？

七濑：井，井上！Σ(・□・)

心叶：啊，特别后记已经先写好了，让我看看吧！

七濑：不，不行！这个不是啦！大致，井上和后记之类的，本来就很不想做呢！人家要回去了 o(＞＜)o

心叶：啊，琴吹！

七濑：(全力跑开)井上，因为最最——呢——

(编辑已经彻底被萌翻了……大家请保重……我们下回见……当然……那个……我不确定大家是不是还有体力见了……但是……还是要见啊！)

很辛苦又很愉快地，
画完了第四集七濑篇（？）
的插画。
依照惯例，
这次也万分感谢编辑，
有劳您的关照。
我以后会更乖的……

竹岡美穂